SARA FAWKES

tout ce qu'il voudra

naufragée

3e PARTIE

8

traduit de l'anglais (États-Unis) par Maxime Eck

Red Velvet

1

— Mes équipes ont réussi à localiser le bateau de Loki. J'imagine que, une fois le boulot accompli et la cargaison livrée, il n'était plus nécessaire de le cacher.

Les jambes en coton, j'avançai vers le fauteuil le plus proche tandis que Jeremiah poursuivait :

— Comme il n'y avait personne à bord, mes gars ont pu fouiller le navire. *De fond en comble*. Et devinez un peu ce qu'ils y ont découvert.

Je n'avais plus qu'une envie, me sauver pour fuir sa colère et sa haine. Malheureusement mes muscles endoloris avaient déjà du mal à me soutenir, alors pour ce qui était de courir… J'étais incapable de parler, je respirais à peine. À court d'oxygène, mes poumons étaient oppressés par le poids qui écrasait ma poitrine.

— S'il vous plaît, Lucy, auriez-vous l'obligeance de m'expliquer pourquoi il y avait des emballages de préservatif dans la salle de bain de la cabine principale ?

Même s'il avait parlé poliment, le ton de Jeremiah – le même qui m'avait poussée à lui obéir au doigt et à l'œil dès le début de nos relations – était autoritaire. De toute évidence, il s'attendait à ce que je ne déroge pas à la règle. Le cœur au bord des lèvres et le ventre noué, je fermai les yeux.

— Vous m'aviez délaissée.

Il observa un bref silence, comme s'il s'efforçait de saisir en quoi mes paroles répondaient à sa question.

— Ce n'est pas ce que je voulais…

— Vous m'aviez *rejetée*! repris-je avec une conviction que j'étais loin d'éprouver. D'ailleurs je n'arrivais même pas à le regarder en face.

— Je vous ai dit que je vous aimais, mais vous m'avez renvoyé mes sentiments à la figure et répondu que je pouvais partir. Qu'est-ce que j'étais censée croire?

— Et c'est en vous précipitant dans le lit de mon frère que vous avez exprimé ce prétendu sentiment à mon égard?

Sa réaction me fit brusquement relever la tête. Jeremiah me toisait de haut, le torse bombé, incarnation de l'orgueil blessé. Bien décidée à l'affronter les yeux dans les yeux, je bondis sur mes pieds.

— Qu'étais-je, pour vous? lançai-je, peu amène, en soutenant la froideur de son regard. Rien qu'une putain? Un joujou avec lequel vous amuser en attendant qu'une meilleure occasion se présente?

Une lueur étrange traversa ses yeux, puis il plissa le front.

— N'essayez pas de me faire porter le chapeau, gronda-t-il d'une voix menaçante.

— Mais c'est *votre* faute ! m'exclamai-je en écartant les bras. Surtout, ne jamais pardonner les erreurs d'autrui, hein ? En revanche, s'empresser d'oublier les siennes ! Vous êtes un vrai gosse ! Toujours à vouloir être le meilleur aux dépens des autres !

Une bouffée de rage envahit ses traits avant de très vite s'estomper sous le masque figé. Il se pencha vers moi.

— Vous. Avez. Baisé. Avec. Mon. Frère, répéta-t-il en détachant chaque mot.

La colère me quittai aussi vite qu'elle s'était manifestée. Mes lèvres se mirent à trembler, je serrai les mâchoires tout en m'efforçant à soutenir son regard. Il se redressa, opina sèchement puis lâcha :

— Vous êtes virée.

Mon corps tout entier se raidit d'indignation, mais mon cœur sembla se fendre. Les jambes de nouveau tremblantes, je dus m'appuyer au dossier du fauteuil.

— En accord avec les termes de notre contrat, tous vos revenus vous sont désormais confisqués et les sommes perçues devront m'être remboursées… avec intérêts.

Il avait parlé sur un ton détaché, clinique, à croire qu'il évoquait une basse transaction financière.

— C'est une plaisanterie ?

Malgré ma fureur ravivée, j'avais du mal à exprimer ce que je ressentais. J'aurais voulu insuffler un peu de bon sens dans cet esprit tordu, mais j'avais conscience que Jeremiah déformerait tout ce que je pourrais lui dire.

— Ainsi, tout se résume à ce fichu contrat? Ce torchon ne tiendrait pas devant un tribunal si je décidais de vous poursuivre pour harcèlement sexuel, et vous le savez!

Une condescendance méprisante remplaça un instant l'indifférence affichée sur sa figure.

— Essayez un peu! me défia-t-il. Vous risquez de découvrir à quel point il est difficile de vivre quand on m'a pour ennemi.

L'implacable froideur de sa voix et de son regard ne me laissa aucun doute: pour l'instant, il m'était impossible de faire ou dire quoi que ce soit susceptible de me racheter à ses yeux. Pourquoi seulement essayer? C'est du moins ce que me soufflait la partie encore raisonnable de mon cerveau.

J'enfonçai mes ongles dans le tissu molletonneux du fauteuil. J'étais surtout dominée par une immense irritation.

— C'est donc ce que je suis maintenant? ripostai-je. Une ennemie?

Si j'y réfléchissais rationnellement, perdre l'argent me contrariait. Même si, à présent, je n'en voulais plus un centime. Retour à la case départ. Ou plutôt à la case fauchée.

— Vous voulez me ruiner, hein? ajoutai-je avec hargne, les yeux fixés sur la cheminée derrière lui.

Il ricana, moqueur.

— Ça ne sera pas très difficile. Ruinée, vous l'êtes déjà.

Un trou noir s'ouvrit dans mon cœur, aspirant mes ultimes émotions. L'énormité de ma situation me frappa avec la force d'un train roulant à pleine vitesse. J'étais coincée au milieu de nulle part, sans moyen de rentrer chez moi ni un sou en poche. J'étais convaincue que Jeremiah n'hésiterait pas à vider mon compte en banque. Je le lisais dans son regard. Il voulait m'atteindre, il voulait que je souffre – et il en avait le pouvoir.

— Voilà un vrai coup bas, murmurai-je. Même de votre part.

Il se figea un instant, puis tendit violemment le bras.

— Lucy…

J'esquivai sa main, détournai la tête.

— Je n'ai jamais été pour vous qu'une putain dont vous achetiez les services, soufflai-je.

Désormais privée de mon salaire, qu'étais-je? La juste colère qui m'avait jusqu'alors permis de tenir commençait à me déserter, laissant derrière elle un abîme de douleur là où, auparavant, battait mon cœur.

— Vous n'êtes qu'un enfoiré, Jeremiah Hamilton, chuchotai-je.

Sur ce, je tournai les talons et quittai le salon, chancelante. Je gagnai l'entrée d'un pas mal assuré, sans aucune dignité. Qu'importe, je souhaitais juste m'éloigner de cette ordure.

Je parvins à atteindre le petit hall avant de m'affaisser contre le mur. Mes membres tremblaient. Le néant qui habitait ma poitrine s'agrandissait jusqu'à m'engloutir. Je voulais disparaître sous terre et m'y cacher le plus longtemps possible. Malheureusement, ce n'était pas possible dans l'immédiat. Il fallait d'abord que je prenne mes distances avec Jeremiah. La fureur et la haine que j'avais lues dans ses yeux m'étaient intolérables.

Rassemblant tout mon courage, je me redressai et me dirigeai vers la porte de mes appartements. Je m'apprêtais à sortir dans le couloir quand une silhouette sur le seuil m'en empêcha. Je clignai des paupières.

— Salut, beauté! me lança Lucas avec entrain. Je venais juste voir si…

Un sanglot surpris m'échappa. Je ne pouvais pas d'affronter cette autre épreuve. Pas maintenant. Je tentai de forcer le passage, mais l'aîné des Hamilton me retint.

— Que se passe-t-il?

Tout enjouement dans sa voix s'était volatilisé, cédant la place à un ton de commandement. Il exigeait une réponse. Mais j'en avais assez qu'on me donne des ordres.

— Laissez-moi, je dois…

Je m'interrompis, luttai pour me libérer, mais il me tenait fermement. Il m'attrapa par les épaules et me tourna de force vers lui.

— Qu'est-il arrivé, Lucy? insista-t-il. Que vous a-t-il fait?

La gravité et l'inquiétude dans son regard brisèrent mes dernières résistances.

— Il sait, soufflai-je avec difficulté, étouffée par l'émotion. Et il m'a virée.

Je regrettai aussitôt mes paroles mais il était trop tard. Les mots sont puissants. J'eus même l'impression que les prononcer leur avait donné plus de vérité. Je ne pus me résoudre à fixer Lucas. Ce que je verrais sur ses traits ne ferait que m'accabler encore plus.

J'entendis derrière moi la voix de Jeremiah qui m'appelait. Je me raidis. J'aurais voulu lui échapper à tout prix. Lucas me tira sur le côté et s'interposa entre nous.

— Sale fils de pute!

Simultanément un bruit sec et sonore, celui de la chair et de l'os entrant en contact, claqua. En face de Lucas, je vis Jeremiah tituber. Choquée, je couvris ma bouche, tandis que le trafiquant d'armes avançait, menaçant, vers son cadet.

— Anya ne t'a donc pas suffi ? grogna-t-il en abattant de nouveau son poing sur la tempe de son frère. Il te fallait détruire une autre vie ?

Jeremiah reprit l'équilibre et riposta, expédiant violemment Lucas sur le sol dallé de l'entrée. Il se dressait en face de moi avec un air de taureau prêt à charger, mais toute son attention était dirigée sur son aîné.

— Tu m'auras décidément tout pris, dit-il d'une voix sourde tout en décochant un coup de pied à Lucas, qui était maintenant à genoux.

— *Je* t'ai tout pris ? Moi ?

Il encaissa l'attaque, saisit la jambe de Jeremiah et esquiva une nouvelle attaque.

— Tu as bousillé ma vie ! s'exclama-t-il. Tu détruis tout ce que tu touches ! Tu ne vaux pas mieux que Rufus !

Il avait ponctué chacune de ses phrases de coups de poing furieux dans les jambes de son frère qui le repoussa vigoureusement. Figée, j'assistais, horrifiée, à un combat sans merci. Jeremiah parvint à enserrer le cou de son frère dans une prise d'étranglement, mais Lucas, toujours à genoux, le fit basculer par-dessus son épaule. Jeremiah alla s'écraser sur la console de l'entrée dont le plateau en verre explosa en morceaux.

Les deux hommes se relevèrent rapidement et Lucas repartit à l'assaut. Étouffant un cri, je reculai. Agrippés l'un à l'autre, ils furent propulsés par leur élan dans le couloir de l'hôtel et s'écrasèrent contre la cloison opposée avant de s'effondrer sur le tapis. J'entendis une femme hurler, mais je ne pouvais détourner mon regard des frères Hamilton qui poussaient des grognements de fauve et s'insultaient.

J'aurais cru que Jeremiah viendrait à bout de Lucas avec facilité, mais il n'en fut rien. L'aîné de la fratrie ne cédait rien et se battait avec acharnement. Toutes leurs souffrances et leurs colères rentrées semblaient concentrées en cet instant. Ils roulaient à terre, frappant des poings et des genoux. En fait, ils se battaient comme des gosses, pas comme des adultes. Leurs années d'entraînement étaient oubliées, il ne leur restait que la rage pure.

— Tu as dressé Anya contre moi, gronda Jeremiah, et voilà que tu t'en prends à Lucy…

— Anya ne t'a jamais trahi, pauvre con !

Le cadet marqua une pause, et Lucas en profita pour le frapper à plusieurs reprises au torse, jusqu'à ce qu'une riposte l'envoie valser. Jeremiah tomba à genoux.

— Menteur ! lança-t-il.

Lucas essuya sa bouche ensanglantée.

— J'avoue que je lui ai demandé de t'espionner pour mon compte, mais elle a refusé. Alors, j'ai trouvé mes sources ailleurs et j'ai contrarié tes projets.

Il expédia un coup de pied dans les côtes de son frère avant de poursuivre, venimeux :

— Et toi, qu'est-ce que tu as fait? Tu l'as chassée et tu t'es démené pour nuire à sa réputation et briser sa vie. Si j'ai ramassé les morceaux, c'est parce que j'estimais que j'étais en partie responsable. Mais que je sois maudit si je te laisse recommencer! Père serait sûrement très fier de toi.

Il ponctua sa dernière phrase en crachant du sang par terre. Au même moment, les portes de l'ascenseur s'ouvrirent et plusieurs hommes en costume noir déboulèrent sur le palier et foncèrent sur les Hamilton, qui paraissaient avoir épuisé leurs réserves de colère. Pour l'instant du moins. Les hommes de la sécurité les remirent sur leurs pieds. D'un même mouvement, les deux frères me regardèrent. Je reculai d'un pas, les yeux fixés sur le vide qui les séparait, comme si j'hésitais à choisir entre les deux.

Qu'ils aillent se faire voir! L'injonction surgit spontanément dans mon esprit. Je ne pouvais plus, je ne *voulais* plus en supporter davantage. *Qu'ils aillent se faire voir! Tous les deux!*

Maintenant qu'ils étaient maîtrisés, j'avais le champ libre. Je m'empressai de pénétrer dans l'ascenseur et appuyai sur le bouton de l'étage d'Amira. Quelqu'un cria mon nom, mais je me reculai dans l'angle de la cabine et ne repris mon souffle que quand les portes se fermèrent. Bien que le pire soit passé, j'étais sur le point de craquer.

Mon cœur n'était qu'une blessure béante, emplie d'un sentiment de désespoir dont le poison se répandait lentement dans tout mon corps. Je dus m'agripper à la rambarde de l'ascenseur, j'avais envie de vomir.

Lorsque les portes de l'ascenseur s'ouvrirent, je n'eus aucune difficulté à repérer les appartements d'Amira : deux armoires à glace en gardaient l'entrée. L'un des deux hommes porta la main à ses lèvres et se mit à parler à voix basse. Je m'arrêtai net sur le seuil de la cabine, soudain incertaine de l'accueil qui allait m'être réservé. Cramponnée au montant de la porte de l'ascenseur, je contemplais le couloir sombre quand la porte s'ouvrit à la volée sur Amira :

— Lucy ? Tout va bien ?

Dans la pièce voisine, mon amie et son frère se disputaient en arabe. Je ne comprenais pas ce qu'ils disaient, mais il était évident que le ton montait.

Rachid avait débarqué chez sa sœur moins de dix minutes après mon arrivée. J'avais eu juste le temps de m'asseoir et de me ressaisir un peu. Après avoir posé une couverture sur mes épaules, Amira avait promis de revenir très vite puis avait entraîné son frère dans la chambre contiguë au salon. Même s'il était pénible d'être la cause de cette altercation, de savoir que je compliquais leurs relations déjà tendues, je ne pouvais rien faire à part attendre.

Lorsque vous êtes vidé de toute émotion, une sorte de lucidité s'empare de vous. J'avais connu une expérience semblable après le décès de mes parents, tandis que j'écoutais un avocat m'exposer, dans le bureau de la banque, les décisions prises par mon père et ma mère – décisions qui me réservaient un sombre avenir. Je m'étais néanmoins battue. J'avais tenté de conserver la propriété familiale de l'État de New York. Ma vie entière tournait autour de ce projet. Deux années durant, j'avais mis tout le reste entre parenthèses dans l'espoir d'y arriver.

Cependant j'avais tout perdu.

Pour autant, la culpabilité que j'avais éprouvée alors n'avait aucune commune mesure avec celle qui me torturait en cet instant. Cette fois, l'adversaire n'était pas une banque ou une quelconque institution malfaisante. J'étais celle qui avait mené la danse, ici ; celle qui avait fait les mauvais choix. J'allais devoir les assumer et je n'avais à ne m'en prendre qu'à moi-même.

En revanche, il était hors de question que j'aie honte de ce que m'avait infligé Jeremiah. Il était clair qu'il n'avait pas la moindre idée de l'arrogance de ses actes. Je n'avais pas eu véritablement de choix, à New York, sinon celui d'accepter les termes du contrat proposé. J'avais cru signer en toute connaissance de cause, mais je m'étais entichée de ce salaud, et je me détestais d'avoir été aussi stupide.

Dans la pièce d'à côté, la dispute semblait se calmer. En tout cas, les voix étaient moins fortes. Rachid sortit de la chambre, suivi par sa sœur qui se dirigea vers moi, posa une main sur mon épaule et, la tête haute, défia son frère du regard. Même si j'ignorais tout de ce qui les opposait, ce soutien affiché me toucha. Rachid n'avait pas l'air d'approuver, mais lorsque ses yeux nous dévisagèrent tour à tour, j'y décelai une lueur de défaite.

— Vous avez sauvé la vie de ma sœur, déclara-t-il. Pour cela, je serai toujours votre débiteur. Demandez-moi ce que vous voulez, je vous l'accorderai.

— J'aimerais rentrer chez moi, murmurai-je d'une voix qui avait tout d'un croassement.

Je m'éclaircis la gorge avant de préciser :

— À New York.

Retourner aux États-Unis serait un bon début. L'orgueil m'interdisait de demander autre chose. Une fois là-bas, je me débrouillerai. Rachid haussa un sourcil surpris en constatant que je n'exigeais rien de plus.

— Accordé, acquiesça-t-il.

Au même moment, la porte s'ouvrit sur un énième garde du corps en costume noir. Il s'approcha de son patron et lui souffla quelques mots à l'oreille. Rachid se raidit immédiatement, mais son visage resta impassible.

— Excusez-moi, marmonna-t-il. Une urgence.

Ce ne fut que quand il fut parti que je vis Amira se détendre et reprendre enfin sa respiration. Je ne m'étais pas rendu compte qu'elle retenait son souffle. Elle laissa échapper quelques mots en arabe avant de me sourire.

— J'ai étonné mon frère en osant lui tenir tête, me confia-t-elle.

— Merci ! m'exclamai-je.

Je pris sa main et, peu soucieuse des traditions que mon geste pouvait enfreindre, j'y déposai un baiser. Amira s'agenouilla près de moi, son expression trahissait son inquiétude.

— Racontez-moi ce qui s'est passé, m'enjoignit-elle d'une voix pressante. Je ne suis pas aussi fragile que vous avez l'air de le croire.

Comme j'aurais aimé tout lui raconter ! Confesser ma souffrance et permettre à quelqu'un de m'aider ! Mais ce que je vivais n'était pas le problème d'Amira et je redoutais d'être jugée. Je me condamnais déjà assez toute seule sans avoir besoin qu'on en rajoute.

Mon silence arracha un soupir à mon amie qui me tendit son autre main pour m'inviter à me lever.

— Venez, allons chercher vos affaires.

À ces mots, l'un des gardes se glissa dehors, sûrement pour vérifier que la voie était libre. J'étais stupéfaite qu'Amira trouve tout cela normal. Elle paraissait ne pas remarquer les hommes qui s'agitaient autour d'elle ni la manière dont ils manœuvraient pour la protéger. À croire qu'elle avait connu cela toute sa vie. Personnellement, j'avais eu du mal à supporter deux hommes dans mes parages, alors une petite armée!

Nous traversions un petit salon lorsqu'un cri retentit:

— Où est-elle?

Je me figeai en reconnaissant la voix de Jeremiah. Amira me lança un coup d'œil affolé puis s'adressa dans sa langue maternelle au garde du corps le plus proche. Ce dernier se précipita en direction des bruits qui nous parvenaient depuis l'entrée des appartements.

— Bordel de Dieu! Je sais que vous êtes là! *Lucy!*

Le cœur serré, je restai figée. J'aperçus sa silhouette, très vite cernée par celles de plusieurs des hommes de Rachid. Je n'eus même pas le temps de laisser échapper un cri d'avertissement: Jeremiah s'en était déjà débarrassé. Quand il m'aperçut, il fonça droit sur moi.

D'autres hommes surgirent par les portes donnant sur le couloir. Amira m'entraîna vivement dans sa chambre, mais avant qu'elle ait pu refermer le battant, un bras solide s'interposa brutalement et Jeremiah s'engouffra dans la pièce, entraînant avec lui les deux gardes qui tentaient de l'en empêcher. Il en expédia un à terre d'un violent revers de la main, fit un pas en avant mais il fut soudain plaqué au sol.

Non! Ce n'était pas ce que j'avais voulu. Que faisait-il ici?

— Je vous en prie, gémis-je, ne lui faites pas de mal!

Je tentai d'avancer mais Amira attrapa fermement mon bras. Immobilisé par deux hommes, Jeremiah releva la tête. Je vis dans ses yeux le reflet de mon angoisse et ma souffrance.

Soudain, l'un des gardes du corps approcha, un objet à la main. Je compris aussitôt ce qu'il s'apprêtait à faire.

— Lâchez-le! hurlai-je.

Dégageant mon bras de la prise d'Amira, je me jetai sur l'homme qui brandissait le taser et le repoussai. Soudain, comme si on venait d'actionner un interrupteur, les muscles de mon corps se tétanisèrent. Un cri silencieux se forma sur mes lèvres, mais aucun son, si ce n'est une sorte de râle guttural, ne sortit de ma bouche et les spasmes qui agitaient mon diaphragme expulsèrent mes dernières réserves d'oxygène. Des tressaillements agitèrent mon corps, dont je ne contrôlai plus aucun muscle. Puis l'onde de choc s'évanouit aussitôt qu'elle était apparue, et je tombai comme une masse sur le sol.

Au-dessus de moi, un rugissement s'éleva. Je crus que c'était un effet secondaire de la décharge du taser jusqu'à ce que j'entende des cris de douleur. Paralysée, haletante, je luttai pour reprendre ma respiration. Des mains me saisirent, me redressèrent légèrement et me firent basculer sur le dos. Je me retrouvai face à Jeremiah.

La vue de son visage tourmenté me fit monter les larmes aux yeux, mais j'étais incapable de bouger, de le toucher. Il fixait d'un regard noir l'autre côté de la pièce. Je tournai la tête et vis les gardes du corps qui se tenaient à quelques pas de nous, comme s'ils craignaient d'avancer.

Rassemblant toutes mes forces, je posai une main sur le bras puis sur l'épaule de Jeremiah. Je voulais lui parler, lui demander de me pardonner, mais mes lèvres refusèrent de m'obéir. De toute façon, les mots ne suffisaient pas, ne suffiraient jamais. C'était pourtant tout ce dont je disposai.

— Pourquoi? souffla-t-il alors.

Une supplique réduite à un unique mot. L'émotion déchira les derniers lambeaux de mon cœur. Je lui avais posé la même question, sur le bateau. J'avais estimé mériter une réponse et je n'en avais pas obtenu. À son tour, il avait droit à des réponses, alors que je n'en avais aucune à lui fournir.

— Je pensais que vous ne vouliez plus de moi, murmurai-je.

J'aurais tellement aimé en dire plus! Hélas, c'était tout ce que je pouvais lui donner. Il déglutit.

— Quel couple nous formons, n'est-ce pas? chuchota-t-il en repoussant mes cheveux plaqués sur mon visage.

Relevant légèrement une épaule, j'arrivai enfin à effleurer sa joue de la main.

— Vous ne me pardonnerez jamais, dis-je avant de fermer les paupières et d'interrompre mon geste. *Je* ne me pardonnerai jamais.

— Non ! protesta-t-il.

Mais je lus la vérité dans ses yeux. Mes actes avaient creusé un abysse entre nous et, je le sentais, rien de ce que nous pourrions ou accepterions de faire ne le comblerait jamais.

Des voix s'élevaient autour de nous. Jeremiah me tenait fermement dans ses bras. Son regard naviguait d'un point à l'autre de la pièce, mais je ne pouvais détacher mes yeux de son visage.

— Vous méritez mieux, murmurai-je.

Il tourna vivement la tête vers moi, comme frappé de stupeur. Même si j'avais repris suffisamment de forces pour m'écarter de lui, il m'était impossible de m'y résoudre. Dans ses bras, j'avais le sentiment d'être en sécurité, ce qui ne m'était pas arrivé depuis des siècles. Si mon cerveau me dictait de renoncer à lui, de partir et de reprendre le cours de mon existence, mon cœur, lui, n'y était pas prêt.

Je doutais qu'il le fut un jour.

Les gardes du corps nous cernèrent de nouveau et tirèrent Jeremiah en arrière. Il me lâcha, je roulai sur le flanc et vis sur son visage qu'il baissait la garde. Il ne se débattit pas quand les hommes le maintinrent fermement et le remirent debout. Il ne me quitta pas des yeux un seul instant. Je sentais que je devais dire quelque chose, un dernier mot avant une séparation probablement définitive, mais ma poitrine était trop douloureuse pour cela.

— Lucy…

Je ne parvins pas à soutenir son regard.

— Partez, je vous en prie.

J'étais épuisée, tellement fatiguée. Amira s'approcha, m'aida à m'asseoir dans un fauteuil tandis qu'on emmenait Jeremiah. Le claquement de la porte d'entrée résonna comme l'ultime clou qu'on enfonçait dans mon cercueil.

— Je veux rentrer chez moi, marmonnai-je en fixant le sol.

Ma déclaration fut accueillie par un bref silence, puis Amira enroula un bras autour de mes épaules.

— Voilà au moins un service que je suis en mesure de vous rendre, souffla-t-elle.

2

L'aéroport de Dubaï présentait un mélange éclectique de styles orientaux et occidentaux. J'avais cependant trop hâte de partir pour y prêter grande attention.

Amira, entourée de sa petite armée, m'y avait déposée, plus tôt, même si elle avait semblé réticente à me laisser partir.

— Donnez de vos nouvelles, d'accord? Un jour, j'aurai peut-être l'occasion de vous rendre visite.

Je lui avais répondu avec un sourire et une étreinte, mais je n'avais rien promis. En dépit de la reconnaissance que j'éprouvais à son égard pour son aide et son soutien, je ne pensais pas la revoir un jour. Nous étions issues de milieux différents. Sans Jeremiah, il ne me serait jamais venu à l'esprit de me rendre à Dubaï et, surtout, je n'aurais pas été présentée à quelqu'un comme Rachid.

Il y avait pourtant eu des moments presque magiques, mais il était peu probable que je revive une expérience semblable à l'avenir.

L'aéroport était loin d'être aussi vaste que ceux que j'avais pu fréquenter auparavant. Je trouvai sans difficulté la porte d'embarquement et m'installai en attendant l'heure du départ. Amira m'avait proposé d'utiliser le jet familial, mais j'avais préféré prendre un vol commercial. J'avais eu ma dose d'un luxe qui ne me ressemblait pas.

Assise dans mon fauteuil, j'observai les voyageurs qui déambulaient dans le terminal. En d'autres circonstances, cela m'aurait sûrement amusée. Une famille passa devant moi ; la mère, drapée dans son *abaya,* était suivie de ses enfants, des adolescents vêtus à l'occidentale. Un homme d'un certain âge vint s'asseoir à côté de moi. N'ayant aucune envie de discuter, je l'ignorai. De sombres pensées occupaient encore mon esprit, mais je me sentais de plus en plus engourdie. L'expérience m'avait appris que cela ne durerait pas, mais j'appréciais cet état second qui mettait une distance avec l'extérieur.

— Excusez-moi, mademoiselle, est-ce que vous avez l'heure ?

L'homme s'exprimait avec un accent anglais des plus aristocratiques. Je me contentai de secouer la tête sans le regarder. C'était grossier, j'en avais conscience mais je n'étais pas d'humeur à bavarder avec un inconnu.

— Moi qui pensais que les jeunes possédaient toujours les derniers gadgets !

Je ne pus retenir un léger sourire.

— Pas tous, non, répondis-je en tripotant mon passeport.

C'était tout ce qu'Amira avait réussi à récupérer. D'ailleurs, ce passeport était le faux, celui qu'avait fait faire Lucas. Tant que je pouvais rentrer chez moi avec, je n'avais pas à me plaindre.

— Flûte ! Où ai-je donc mis ma montre ?

Quelque chose dans ses intonations me fit sursauter. Pivotant légèrement la tête, je l'examinai du coin de l'œil, le front plissé. Tout en lui était broussailleux – barbe, moustache, sourcils. Je ne pouvais distinguer que son profil. Ma raison avait beau protester avec vigueur, j'eus l'impression que ses traits m'étaient familiers.

— Ah ! La voici ! s'exclama-t-il en extirpant de sa poche une montre antique. Quinze heures trente. Il est plus tard que ce que je croyais.

Tant pis pour ma tranquillité et pour la courtoisie : je me mis à le dévisager ouvertement. Sa moustache épaisse paraissait étirée par ce que je supposai être un sourire, mais je n'en étais pas sûre car je ne distinguai pas ses lèvres. Il semblait être âgé, mais ses prunelles bleu vert posées sur moi étaient brillantes.

Clignant des paupières, je regardai de nouveau autour de moi. L'absurdité de la situation aurait dû me faire rire, au lieu de quoi je ne parvins qu'à émettre qu'un soupir las.

— Qu'est-ce que vous fichez ici, Lucas ?

Dépliant un journal avec décontraction, il se mit à le feuilleter.

— Ma foi, c'est évident. Je vous escorte chez vous.

— Je suis capable de me débrouiller seule, vous savez? m'indignai-je, agacée.

— Je n'en doute pas un instant. J'ai vu ce que vous aviez fait à Alexeï sur le bateau. Je me disais juste que vous apprécieriez un peu de compagnie.

L'évocation de ce mauvais souvenir m'arracha une grimace. N'ayant aucune intention de polémiquer, je me détournai. Les événements des derniers jours étaient encore douloureux. Je ne tenais pas à raviver les blessures en y repensant.

— Alors, reprit Lucas au bout de quelques minutes de silence. Où allons-nous?

Je poussai un nouveau soupir.

— En ce qui me concerne, je rentre à la maison.

— Et où se trouve-t-elle exactement?

— Aucune idée.

Je savais qu'il me faudrait très bientôt répondre à cette question. Après avoir signé le contrat de Jeremiah et m'être laissée enlever, j'avais coupé tout contact avec ma vie d'avant. J'avais perdu mon téléphone portable et je ne connaissais même pas le numéro de ma colocataire. Lui rendre visite n'aurait rien d'une partie de plaisir mais avec un peu de chance, elle m'autoriserait à récupérer mes affaires, et – qui sait? – elle me permettrait peut-être de réintégrer l'appartement.

— Très bien, je vous interdis de partir.

L'arrogance avec laquelle il s'était exprimé m'irrita – j'avais eu ma dose de ce genre d'attitude avec son frère, il n'allait pas s'y mettre à son tour ! Je lui lançai un regard noir. Il fronça ses horribles sourcils broussailleux.

— Je suis un costaud taciturne qui aime donner des ordres, lâcha-t-il, délaissant son accent affecté. Je vous dirai quoi faire, et vous manifesterez votre reconnaissance en me léchant les bottes. Regardez-moi ! Mon front digne de celui d'un homme de Néandertal mériterait un brevet à lui seul.

Éberluée, je dissimulai un sourire derrière ma main. Je n'avais pourtant aucune envie de rire ! Je souhaitais même m'accrocher à ma tristesse et me vautrer dans mon malheur. Mais l'imitation de Jeremiah était parfaite. La situation frisait le ridicule, et les postiches et la voix théâtrale de Lucas participaient à son absurdité.

Je secouai la tête et regardai de nouveau les voyageurs qui se dépêchaient d'embarquer. Décalée et déstabilisée, j'avais le sentiment d'être perdue dans un pays étranger. Je n'aspirais qu'à une chose : rentrer chez moi. Je regretterais peut-être plus tard de ne pas avoir profité à fond de l'expérience mais pour l'instant, je ne rêvais que de ça.

— Vous êtes trop bien pour mon frère.

Je jetai à Lucas un regard à la dérobée. Il avait complètement renoncé à son accent britannique et à sa jovialité de façade. Ses paroles étaient empreintes d'une colère amère mais au fond de moi, je ne croyais pas à ce qu'il disait. Sous la fausse barbe, les traces de sa bagarre avec Jeremiah étaient encore visibles.

J'étais la cause de ces souffrances – pas seulement celles de la bagarre, mais aussi celles des derniers jours.

— Je suis désolé de vous avoir entraînée là-dedans, reprit-il.

Je secouai la tête.

— Vous n'êtes pas responsable. J'ai amplement participé aux décisions qui m'ont mise dans cette situation.

J'eus un haussement d'épaules las. La tristesse me reprenait. J'aurais voulu retrouver la sensation d'anesthésie générale qui m'engourdissait avant l'apparition inopinée de Lucas.

— Non! protesta-t-il en s'agitant sur son siège.

Visiblement bouleversé, il se pencha vers moi, le regard sombre.

— Vous méritez tellement mieux, enchaîna-t-il. Mieux que ceci. Mieux que ce que notre foutue famille vous a apporté.

— Oh, Lucas!

Ses mots me touchèrent profondément. Prenant sa tête entre mes mains, je l'attirai à moi et plongeai mes yeux dans les siens. Du pouce, je caressai l'hématome que la barbe, drue au toucher, laissait entrapercevoir.

— Quelqu'un m'a dit un jour que nous avions tous l'occasion de faire des choix, même si ce ne sont pas toujours les bons. Vous valez beaucoup mieux que la vie que vous menez aujourd'hui.

Les muscles de ses mâchoires se tendirent sous mes doigts, et je fus frappée par l'éclat de désir ardent qui alluma ses prunelles.

— Laissez-moi rester auprès de vous, me supplia-t-il d'une voix rauque en plaquant sa main sur la mienne. Être avec vous me rend meilleur. J'ai besoin de…

Il se tut en constatant que je secouai la tête.

— Vous êtes déjà un autre homme, Lucas.

À cet instant, les haut-parleurs annoncèrent l'embarquement de mon vol. Lucas accentua la pression de ses doigts sur ma main, comme pour me retenir, comme pour me dire de ne pas partir. Il finit cependant par me lâcher. Je me penchai vers lui et embrassai sa joue barbue.

— Je ne peux pas être votre rédemption, soufflai-je contre sa peau, même si j'aurais aimé pouvoir l'aider.

Mais j'avais décidé que j'en avais fini avec la famille Hamilton. Je ne pouvais me résoudre à le lui dire, là, maintenant, mais c'était la vérité. Les choses étaient allées trop loin et la souffrance était trop profonde pour que je puisse mener une vie normale avec aucun des deux frères.

Par ailleurs, je n'avais réellement désiré que l'un des deux.

— Au revoir, Lucas.

Je regardai le barman servir des boissons colorées tout en me demandant si m'enivrer allait me soulager ou, au contraire, empirer la situation.

Une tempête de neige avait retardé mon vol en correspondance à Londres, m'obligeant à me réfugier dans l'un des bars de Heathrow. Si l'aéroport était très différent de celui de Dubaï, les voyageurs étaient tout aussi hétéroclites. Tout me semblait plus normal, plus occidental mais je regrettai un peu d'exotisme. Ce séjour à Dubaï était une expérience à laquelle je n'aurais jamais osé rêver. Tout n'avait pas été parfait, mais c'était un souvenir précieux.

Par-dessus tout, Jeremiah me manquait. Pourtant je voulais l'oublier, tout comme certains événements pénibles. L'alcool ne m'y aiderait probablement pas.

— Je vous offre un verre?

Je me tournai vers l'homme qui venait de s'asseoir à côté de moi au comptoir. Beau sans être extraordinaire, il avait à peu près mon âge et portait un costume clair qui mettait en valeur ses cheveux bruns. Malgré son attitude tranquille et amicale, je le gratifiai d'un faible sourire et secouai la tête.

— Non merci.

— Vrai de vrai? Vous avez pourtant l'air d'en avoir besoin.

Génial! Voilà que des inconnus se mettaient à commenter mon humeur! Je devais avoir une mine vraiment ravagée.

— Je ne saurais même pas quoi commander, répondis-je avec un haussement d'épaules.

Il fit signe au barman.

— Deux Midori Sour! commanda-t-il avant de pivoter vers moi: Où allez-vous?

— New York.

— Une fille de la côte Est! s'exclama-t-il. Mais vous avez une pointe d'accent, ajouta-t-il en inclinant la tête. Canadienne française?

Je levai les sourcils, étonnée. La plupart des gens ne remarquaient pas du tout mon accent. Même Jeremiah, tout observateur qu'il soit, n'y avait jamais fait allusion.

— Je suis née à Québec, admis-je, impressionnée. Et j'ai déménagé aux États-Unis quand j'avais dix ans.

— Ça n'a pas dû être facile.

— Aucun enfant n'aime changer d'endroit, éludai-je.

Ce type semblait plutôt sympa. Ni aussi autoritaire que Jeremiah, ni aussi tortueux que Lucas. Un homme d'affaires banal, bien coiffé et bien vêtu, mais – d'après ce que j'avais pu observer alors que je vivais dans le monde de Jeremiah – pas richissime. Ainsi, ses chaussures ne valaient pas une fortune, et son costume n'était pas taillé sur mesure. Bref, un type normal. Le genre avec lequel je devrais faire ma vie.

À une époque, il aurait pu me plaire. À présent, il me paraissait terne. Je ravalai ma déception en respirant à fond. Serais-je vouée à toujours comparer les hommes à Jeremiah ?

— Et vous ? m'enquis-je avec un sourire forcé. Où allez-vous ?

— Oh je vais juste rendre visite à ma famille.

On déposa nos boissons devant nous. Je sentis le liquide vert avant d'en avaler une gorgée. Son goût sucré fut une heureuse surprise.

— Alors, reprit mon interlocuteur, est-ce que quelqu'un vous attend à la maison ?

Sa question, pourtant anodine, eut pour effet d'assombrir un peu plus mon humeur. Je reposai sèchement mon verre sur le comptoir. La liqueur sirupeuse dont les arômes s'attardaient dans ma bouche prit un goût cendreux. Pas facile de déterminer s'il me draguait ou s'il se contentait de faire la conversation.

— Je sors juste d'une sale rupture, dis-je en espérant qu'il saisirait l'allusion.

— Ah oui. Et comment va Jeremiah, ces derniers temps ?

Je mis un instant à saisir ses paroles. Ensuite, je me tournai vers lui d'un air hagard.

— Pardon?

— Vous avez eu la vie dure, récemment, non? enchaîna-t-il d'un ton allègre, soulignant ses propos en agitant son verre avant d'y boire une gorgée. J'imagine que ça a commencé par la mort de vos parents, tués par un chauffard, plutôt que lorsque vous avez été séduite dans un ascenseur.

J'eus l'impression qu'une main enfoncée dans ma poitrine écrasait mes poumons. J'étais incapable de respirer, encore moins de bouger. Dans ma main crispée, mon verre érafla le bois du bar, mais personne ne parut se rendre compte de la détresse qui venait de m'envahir.

— Je me suis permis de rendre une petite visite à votre maison de famille, poursuivit mon voisin en remuant sa paille dans le liquide vert. Charmante. Encore plus quand on la voit de près. Ses occupants actuels l'entretiennent mal, hélas. Vraiment dommage.

— Qui êtes-vous? chuchotai-je d'une voix étranglée.

— Il faut croire que les péchés des parents se transmettent à leur progéniture, éluda-t-il. Les vôtres vivaient au jour le jour et géraient mal leurs finances. Résultat, après leur mort stupide, votre existence a volé en éclats.

Ce fut l'instinct qui me poussa à lui balancer ma boisson en pleine figure. Si le bruit des glaçons qui rebondissaient sur le sol me fit sursauter, l'homme ne changea pas d'expression. Quelques clients nous lancèrent un coup d'œil, mais personne n'eut l'air de vouloir s'en mêler. Au bout de quelques secondes, il s'empara d'une serviette en papier et s'essuya le visage.

— Je le méritais, sans doute, commenta-t-il.

— Qui êtes-vous? répétai-je plus fort mais sur un ton toujours aussi peu assuré.

En vérité, j'étais bouleversée. Que cet inconnu en sache autant sur moi me mettait dans un état proche de la panique, mais je n'avais nulle part où aller. J'avais mis le plus de distance possible avec les seules personnes susceptibles de me secourir, persuadée que, de cette façon, je ne serais plus impliquée dans leurs problèmes. Sauf que là, à des milliers de kilomètres d'eux, je découvrais que j'avais apparemment autant d'importance dans l'histoire que les Hamilton eux-mêmes.

Un bref instant, mon voisin me fixa sans un mot.

— Voyons, que savons-nous de l'arbre généalogique des Hamilton? dit-il ensuite en inclinant la tête comme s'il réfléchissait. Un bel héritage remontant sur plusieurs générations. Ils se sont enrichis sur le dos des autres, n'ont pas hésité à piétiner plus faibles qu'eux pour arriver à leurs fins. Les représentants actuels de la dynastie s'enorgueillissent de compter dans leurs rangs un trafiquant d'armes responsable d'un certain nombre de décès et d'un ancien commando qui ne vaut pas mieux que son père et sa propre milice.

Pas mieux que son père... Soudain, les pièces du puzzle s'assemblèrent.

— Vous êtes Alexander Rush !

— Ainsi, vous avez entendu parler de moi. Le bâtard, parmi bien d'autres sûrement, de Rufus Hamilton. Est-ce le terme qu'ils ont employé? Les relations de mes frères sont très efficaces quand il s'agit de rassembler des informations, mais devinez un peu?

Il se pencha vers moi et ajouta :

— Je suis meilleur.

Le ton satisfait avec lequel il s'exprimait, les détails de ma vie qu'il connaissait, tout cela me bouleversait profondément. Les dangers, les intrigues et les drames mortels que j'avais cru fuir m'avaient suivie. J'étais prise au piège, tout comme les frères Hamilton à la différence que j'ignorais comment en sortir. Je ne disposais ni de contacts dans les milieux militaires, ni d'un réseau d'espionnage, encore moins d'une milice armée jusqu'aux dents.

Bref, je n'avais aucune chance.

— Vous avez été bien inspirée de partir quand vous l'avez fait, me confia Alexander avant de consulter sa montre. Je dois m'en aller, mais j'ai été ravi de discuter avec vous. Je tenais à rencontrer la femme qui a réussi à faire plier les deux Hamilton.

Quelque chose dans sa voix me fit frissonner encore plus fort. Totalement paralysée, je ne trouvais rien à répondre à sa dernière remarque. Je restai plantée sur mon tabouret tandis qu'il se levait, attrapait sa veste sur le dossier de son siège et s'éloignait.

Mon cerveau se mit à échafauder divers scénarios conduisant à ma mort certaine, mais les minutes s'écoulèrent sans qu'il ne se passe rien. J'étais incapable ne serait-ce que de me retourner afin de voir où s'en allait Rush.

J'étouffai, sans parvenir à apaiser les battements fous de mon cœur. J'étais sûre de ne pas avoir inventé cette rencontre : les deux gobelets étaient côte à côte sur le comptoir. Pendant quelques instants, je ne bougeai pas, concentrée sur ma respiration, songeant que je n'avais nulle part où aller, personne à contacter.

J'étais seule.

— Hé, vous pouvez monter le son de la télé ?

La question, lancée d'une voix forte, me tira de ma stupeur. Un rapide tour d'horizon de la salle m'indiqua qu'on ne me prêtait aucune attention. Je me sentais pourtant affreusement exposée, comme violée. Ce type en savait trop sur moi. Que ma vie ait été un livre ouvert pour lui, qu'il ait osé évoquer ainsi mes parents… C'en était trop. J'avais besoin d'air. Je saisis mon fin gilet au moment où l'employé montait le son.

— « … attentat dans un hôtel de Dubaï… »

Les mots pénétrèrent comme une lame dans mon esprit alors que j'étais sur le point de sortir du bar. Je me croyais déjà au bout du rouleau ; la nouvelle s'empressa d'y ajouter quelques longueurs. Je pivotai vivement sur mes talons afin de regarder le modeste écran accroché au-dessus du comptoir. L'hôtel Almasi disparaissait derrière des volutes de fumée, mais il était parfaitement reconnaissable.

Non ! Par pitié, non !

Je ne réussis pas à comprendre ce que racontait le présentateur tant le tumulte qui agitait mes pensées emplissait mon crâne. Une main plaquée sur les lèvres, je fis demi-tour et sortis en titubant dans le couloir, sous le choc.

Il fallait que je me ressaisisse. J'avais le sentiment que le danger menaçait de partout. Le terminal bondé était peuplé de centaines de paires d'yeux dont mon esprit paniqué me soufflait que chacune d'entre elles pouvait se révéler mortelle. Désemparée, je m'affalai sur le premier fauteuil venu. Le terminal grouillait de monde. J'avais l'impression d'être prisonnière, et m'astreindre à de profondes respirations ne me soulageait en rien.

Soudain, quelque chose vibra dans ma poche.

Je sursautai avant d'y plonger la main, un brin hésitante. J'en ressortis un téléphone portable. Il ne m'appartenait pas et je n'avais même pas la moindre idée de la façon dont il avait atterri dans ma poche. Libéré des tréfonds de mon gilet, il se mit à sonner bruyamment. L'écran affichait un numéro masqué. Retenant mon souffle, je soulevai le clapet de l'appareil et appuyai sur le bouton vert d'un doigt mal assuré.

— Al… allô?

— Quoi de neuf, beauté? Je vous manque?

Les intonations réjouies provoquèrent une vague de soulagement. Je pressai l'appareil contre mon oreille.

— Lucas? Où êtes-vous?

— Et bien, figurez-vous que c'est une drôle d'histoire. Techniquement, je suis encore à Dubaï, mais je ne…

— J'ai été approchée par un homme, m'empressai-je de le couper, avide de confier mon histoire, des sanglots trop longtemps ravalés menaçant d'exploser. Dans un bar. Il connaissait mon nom, Lucas, il savait tout de moi, il m'a parlé de mes parents…

— Du calme, Lucy, m'intima mon interlocuteur, dont la jovialité avait cédé la place à une gravité de circonstance. Reprenez depuis le début.

Mais j'avais matière plus urgente à l'esprit. J'avais des questions.

— J'ai entendu à la télé qu'il y avait eu une explosion. À Dubaï! À l'hôtel! Le type qui m'a abordée m'a dit que j'avais de la chance d'en être partie. Que s'est-il passé? Jeremiah va bien? Et Amira?

— Une bombe a bien explosé. Mais avant tout, vous devez aller vous réfugier dans un endroit sûr. Où êtes-vous, là ?

Je regardai rapidement autour de moi.

— Près de la porte B13, à Heathrow. Comment va Jeremiah, Lucas ? Il n'a rien ?

Je devais absolument savoir. Lucas marqua une pause qui me fit craindre le pire.

— Écoutez, Lucy, je vais vous envoyer de l'aide. Mais pour l'instant, je suis un peu coincé par…

— *Comment va Jeremiah ?*

J'avais hurlé. Mon cœur me donnait l'impression de vouloir s'échapper de ma cage thoracique. Je baissai la tête et mis ma main en visière sur mes yeux afin d'essayer d'oublier le tourbillon de passagers.

— Je vous en prie, Lucas, dites-moi qu'il va bien.

Il ne s'exprima qu'au bout de plusieurs secondes interminables.

— Je suis navré, Lucy, mais je…

Ce fut alors que la communication s'interrompit.

— Lucas ? *Lucas ?*

J'éloignai le téléphone de mon oreille, le contemplai. La ligne avait été coupée, et je n'avais aucun moyen de rappeler.

Je suis navré, Lucy. Pour moi, cette phase ne pouvait signifier qu'une chose.

J'avais la nausée. Les mains plaquées sur le ventre, je me pliai en deux sur mon siège, jusqu'à avoir la tête entre les genoux. Les paupières serrées, je m'efforçai de respirer malgré l'étau de glace qui étreignait ma poitrine.

Non. Non, non, non, non, non!

J'aurais pu vivre sans Jeremiah. J'aurais souffert qu'il ne soit plus à moi, mais je m'en serais tirée. Qu'il soit mort, en revanche... Des gémissements incontrôlables m'échappèrent et, de nouveau, je plaçai ma main sur ma bouche.

J'ignore combien de temps je restai ainsi à essayer de me ressaisir avant de me rendre compte que j'avais de la compagnie. Je respirai profondément et relevai les yeux. Trois hommes me cernaient.

— Mademoiselle Delacourt?

Deux des types arboraient un uniforme et, la main sur le ceinturon, semblaient prêts à parer à toute éventualité. Si je ne distinguai pas leurs armes, je n'eus aucun doute quant au fait qu'ils en possédaient. Le troisième avança d'un pas et se posta juste devant moi afin de me montrer une plaque.

— Je suis l'agent Atwater, d'Interpol. Auriez-vous l'obligeance de nous accompagner, mademoiselle?

3

Lorsqu'on m'avait fait quitter le terminal sous bonne escorte pour m'emmener dans une salle d'interrogatoire des plus austères, je ne m'étais pas imaginé qu'on m'y laisserait mijoter aussi longtemps.

Au fur et à mesure que les minutes s'écoulaient, ma peur céda la place à la nervosité puis à l'irritation. Incertaine de l'attitude à adopter, je jetai des coups d'œil interrogateurs au vaste miroir qui couvrait le mur du fond de la pièce. On m'avait déjà confisqué le portable que j'avais trouvé dans ma poche. Une horloge égrenait les secondes. Là où j'espérais des réponses, je n'avais droit à… rien. J'étais de plus en plus angoissée.

Ne sachant que faire de moi, je me levai et entrepris d'arpenter la pièce. À force de passer devant la glace, je finis par tapoter dessus.

— Hé! lançai-je en me sentant un peu bête de m'adresser à mon propre reflet. Vous allez vous décider à m'interroger ou quoi? Ou alors, je peux partir?

Aussitôt, la porte cliqueta et s'ouvrit, me faisant sursauter. Une femme d'un certain âge, vêtue d'un tailleur, entra, un calepin à la main et plusieurs dossiers sous le bras.

— Bonjour, Lucy, me salua-t-elle avec un léger accent français. Navrée de vous avoir fait attendre.

Les mondanités, ce serait pour un autre jour.

— Où est Jeremiah? explosai-je, convaincue qu'elle savait très bien de qui je parlais.

La femme plissa les yeux et inclina la tête sur le côté.

— Vous n'êtes pas une collègue de son frère Lucas Hamilton?

Ainsi, c'était ça qui me valait d'être dans cette panade!

— Juste l'une de ses connaissances, éludai-je en me demandant ce que je pouvais dire ou pas.

— Proche? insista-t-elle, un sourcil arqué.

Je ne pus m'empêcher de rougir ce qui, naturellement, me trahit.

— Je veux savoir ce qui est arrivé à *Jeremiah* Hamilton, m'entêtai-je. J'ai vu le JT, mais je ne connais pas les détails. Vos hommes ont débarqué à ce moment-là. Que s'est-il passé à l'hôtel Almasi?

— Mademoiselle Delacourt, je vous en prie, asseyez-vous et…

— Cessez de tourner autour du pot, bordel! explosai-je. Ses esquives me rendaient dingue. Un type m'a payé un verre dans un bar, m'a dressé toute une liste de détails très personnels concernant ma vie privée et m'a dit que j'avais eu de la veine d'avoir quitté Dubaï.

— Savez-vous de qui il s'agissait? s'enquit mon interlocutrice, visiblement peu sensible à mon accès de colère.

J'hésitai à lui en dire plus.

— Qui êtes-vous, d'abord?

— Marie Gautier, agent d'Interpol, se présenta-t-elle en me tendant la main. Je connais bien votre ami Lucas. Loki, si vous préférez.

J'acceptai d'échanger une poignée de main tout en restant sur mes gardes. Lucas m'avait dit au téléphone qu'il m'envoyait de l'aide. Était-ce cette femme?

— J'aimerais qu'on me dise ce qui s'est passé à l'hôtel Almasi, repris-je. S'il vous plaît, ajoutai-je quand Marie pinça les lèvres. Une bombe a explosé, apparemment, j'avais des amis là-bas.

— Il y a bien eu un attentat, acquiesça-t-elle. Je suis en mesure d'obtenir plus de détails sur cette affaire mais, avant, j'ai besoin que vous me donniez votre version des faits.

— Je vous dirai tout ce que vous voulez. Vous pouvez même dresser un portrait-robot, que sais-je encore mais, je vous en prie, renseignez-vous sur le sort de mes amis.

Elle regarda un instant le miroir, comme si elle s'adressait en silence à qui se trouvait derrière, puis elle indiqua la table et les chaises.

— Installez-vous. J'ai hâte de vous entendre, mademoiselle Delacourt.

Malgré ma promesse de tout dire, je gardai pour moi quelques informations – ce qui avait un rapport à mes ébats, le nom du bateau utilisé pour nous rendre dans les Caraïbes, Matthews et Frank. Pour le reste, je dévoilai tout, heureuse de pouvoir enfin me libérer de tout ce que je retenais en moi depuis trop longtemps. Si cette femme ou ceux qui se tenaient de l'autre côté du miroir se révélaient ne pas être dignes de confiance ou décidaient de me faire porter le chapeau, tout ou en partie, je serais bonne pour de sacrés ennuis.

— Donc, résuma Marie au bout d'un moment, vous avez servi de traductrice puis avez été emmenée de force à bord de ce navire?

Elle semblait très intéressée par cet aspect des choses, ce qui me rendait nerveuse. Si je disais la vérité, je m'impliquais dans une affaire criminelle. En même temps, j'étais lasse de tous ces secrets.

— Lucas m'a enlevée dans la propriété de son frère et m'a traînée à ce rendez-vous. J'y ai participé, mais contre mon gré.

L'agent d'Interpol allait me poser une autre question lorsqu'on frappa sèchement sur le miroir. Marie se leva.

— Veuillez m'excuser un instant.

De nouveau, je fus livrée à moi-même. Maintenant que j'avais la confirmation qu'on m'observait, je me tins tranquille jusqu'à ce que mon interlocutrice réapparaisse. Elle se rassit en face de moi. Ses traits portaient toutes les marques de la contrariété. Extirpant des photos de l'un de ses dossiers, elle les étala sur la table.

— Mademoiselle Delacourt, reconnaissez-vous l'un de ces hommes, que vous auriez pu croiser pendant que vous étiez avec Lucas ?

J'étudiai les clichés, me creusant l'esprit pour lui donner satisfaction.

— Lui, finis-je par dire en désignant la photo d'un élégant quinquagénaire. Lucas l'a appelé M. Smith. Je crois que la cargaison était à lui. Je n'identifie pas les autres.

Si Marie s'apprêtait à me demander des détails, elle n'en eut pas l'occasion, car la porte de la salle s'ouvrit sur un homme à l'air sévère qui me jeta un bref regard avant de s'adresser à l'agent.

— Bonjour, je suis Evan Rothschild, je représente Mlle Delacourt dans cette affaire.

Surprise, j'examinai le petit homme. Il s'exprimait avec un accent américain et était aussi rouge que s'il avait couru jusqu'ici.

— J'ignorai que Lucy avait fait appel à un avocat, riposta Marie.

— Je suis ici pour le compte de mon employeur, Jeremiah Hamilton.

Voilà qui retint mon attention.

— Vous lui avez parlé ? m'écriai-je.

L'avocat acquiesça sèchement, mais continua son échange avec Marie tandis que je digérais la nouvelle.

— J'aimerais pouvoir m'entretenir en privé avec ma cliente.

— Votre cliente détient des informations sur un terroriste potentiel, répliqua-t-elle d'un air pincé.

— Et elle a jusqu'à présent collaboré avec les représentants d'Interpol, rétorqua Rothschild du tac au tac. Est-elle accusée de quoi que ce soit ?

— Faut-il qu'elle le soit pour rester ici ?

— Hé ! protestai-je, outrée qu'ils évoquent ainsi mon sort comme si je n'étais pas là. La cliente a-t-elle le droit d'intervenir ? Je tiens à apporter mon aide.

Marie m'observa un instant avant de se retourner vers l'avocat.

— Nous apprécierions que Lucy puisse nous aider à établir un portrait-robot. Par ailleurs, elle se mettrait en danger si elle partait…

— Mon employeur a déjà réglé ce problème et souhaiterait qu'on lui confie la sécurité de Mlle Delacourt.

— Hors de question !

— Suis-je autorisée à aller aux toilettes ? demandai-je. C'est bien par-là ?

Je n'en avais pas besoin, mais j'en avais assez d'être traitée comme un vulgaire objet de marchandage. Marie poussa un soupir exaspéré et je me levai aussitôt, pressée de quitter cette pièce oppressante. La poignée de la porte était verrouillée, mais alors que je la secouai, elle céda. Derrière la porte, un costaud en costume sombre s'écarta devant moi avant de m'indiquer une direction dans le couloir exigu. Je m'y dirigeai avant de stopper net.

Jeremiah se tenait là, à quelques mètres de moi. Les pieds comme aimantés au sol je me délectai de cette vision, le corps secoué par une vague d'adrénaline. Il me fixa, muet comme une tombe, le visage aussi fermé qu'à l'accoutumée. Consciente qu'il ne m'appartenait plus, j'aurais voulu détourner les yeux. Mais mon esprit exigeait des preuves supplémentaires qui me convaincraient définitivement qu'il était bien en vie.

Que faisait-il ici? Un mot de travers de sa part, et je me serais effondrée. Mais il ne fit rien, ne dit rien, se contentant de me rendre mon regard. L'incertitude que j'avais découverte en lui ces derniers jours s'était volatilisée, et il s'était repris, avait retrouvé son ascendant.

Que n'aurais-je pas donné pour être dotée d'une once de cette force!

Je fis un pas en avant, m'arrêtai et serrai les mains.

— J'ai cru que vous étiez mort, soufflai-je.

Un éclair d'émotion traversa ses traits, trop vivement cependant pour que je l'identifie.

— Cela aurait-il facilité votre choix? répondit-il.

Le maigre espoir qui s'était éveillé dans mon cœur disparut aussitôt dans une douloureuse agonie. Je détournai les yeux en ravalant mes larmes. Derrière moi, Marie et Rothschild sortirent à leur tour dans le couloir. Ils se chamaillaient encore. Submergée par la tristesse, je m'efforçai de les oublier. Tout à coup, j'entendis la voix de Jeremiah et des bras m'enlacèrent, m'attirant dans une étreinte ferme. Prise au dépourvu, je plaquai mes mains sur son torse pour le repousser. Cela ne l'incita qu'à me serrer davantage contre lui, et je humai son odeur familière.

Au plus profond de moi, un barrage céda et mes émotions se déversèrent comme un torrent. Un sanglot m'échappa, je m'agrippai à Jeremiah et enfouis mon visage dans son costume.

— J'ai cru que vous étiez mort, répétai-je dans un murmure.

Ses mains se crispèrent sur mes épaules, et je sus qu'il m'avait entendue. J'aurais eu tant de choses à dire ; mais je ne pouvais que pleurer et étreindre son corps si solide.

— Bien, lança dans mon dos l'avocat. Si nous en avons terminé…

— Pas si vite, s'interposa aussitôt Marie, dont la voix claqua comme un fouet. J'ai devant moi deux personnes qui ont un rapport avec cet attentat. Dois-je vous signifier clairement ce que cela laisse supposer?

— Nous coopérerons pleinement avec votre département, intervint Jeremiah par-dessus ma tête.

Les menaces le laissaient de marbre, et son regard ne se départit pas de son calme. Par ailleurs, ses mots eurent le don d'apaiser la Française, qui s'adressa à moi.

— Mademoiselle Delacourt? Puis-je compter sur votre aide pour identifier l'homme qui, selon vous, s'est manifesté dans ce bar?

Ses insinuations – laissant entendre que j'étais susceptible de mentir – allumèrent une étincelle de colère. J'étais toutefois trop épuisée pour protester. Lâchant Jeremiah, je reculai et, les poings serrés, me retournai vers elle.

— Je suis prête à collaborer, même si je n'ai pas la moindre idée de ce qui se passe.

— Vous pouvez clamer votre innocence, vous n'en êtes pas mouillée jusqu'au cou dans toute cette affaire.

J'encaissai la remarque acide alors que deux hommes s'approchaient de nous. Marie chuchota quelques mots au premier, qui disparut derrière une porte.

— Nous avons besoin que vous nous disiez tout ce que vous avez vu et entendu, ce qu'il a touché, tout ce dont vous vous souviendrez.

J'avais la bouche sèche et je tremblais sous l'effet du stress. Soudain, deux mains glissèrent le long de mes bras, et Jeremiah se pencha sur moi.

— Je ne vous laisserai pas seule, murmura-t-il.

Comme j'aurais voulu y croire!

Nous restâmes trois heures de plus dans les locaux d'Interpol. Lorsqu'ils décidèrent de nous laisser partir, ce fut de fort mauvaise grâce.

J'avais travaillé avec un dessinateur pour tenter d'élaborer un portrait d'Alexander, tout en m'attendant à ce que, soudain, quelqu'un déboule et annonce qu'ils avaient des enregistrements vidéo provenant des caméras de contrôle de l'aéroport. Mais je finis par comprendre à leur attitude qu'ils n'avaient pas grand-chose de tangible. J'avais du mal à comprendre pourquoi : ma conversation avec Rush s'était déroulée dans un endroit public forcément sous surveillance. Quoi qu'il en soit, les flics voulaient un portrait le plus détaillé possible. Ses traits étaient gravés dans ma mémoire, et je n'étais pas près de les oublier.

Quand nous en eûmes terminé, l'épuisement embrouillait mes idées. Jeremiah ne m'avait pas quittée un instant, ce qui ne laissait pas de me dérouter. Bien qu'il ait conservé le silence et n'ait pas bougé d'un cil, sa présence avait investi les lieux. Je ne cessais de repenser à nos derniers échanges, aux mots qui avaient été prononcés, aux secrets qui avaient été dévoilés. C'était de plus une source de distraction et songer à ce que tout cela signifiait me rendait nerveuse et agitée.

— Nous allons vous fournir une protection rapprochée, annonça Marie quand le dessinateur, une fois son matériel remballé, s'éclipsa discrètement.

— Ce ne sera pas nécessaire, objecta Jeremiah en se manifestant pour la première fois.

— Je crains que si, répliqua l'agent d'Interpol avant de se tourner vers moi. Pour des raisons encore inconnues, mademoiselle Delacourt, un éventuel terroriste a décidé de se faire connaître, à vous. Vous avez vu son visage. De fait, vous représentez un danger pour lui.

Un frisson me parcourut, ce qui ne m'empêcha pas de protester avec un froncement de sourcils :

— Mais il a paru se fiche comme d'une guigne que je le voie. Je dirais même qu'il a tout fait pour que je ne l'oublie pas. Pour quelle raison?

— Nous nous posons exactement la même question. C'est pourquoi, dorénavant, vous êtes sous protection. Quant à vous, monsieur Hamilton, je vous demanderai de ne plus jouer les héros. J'ai lu votre dossier, je sais comment vous et vos hommes avez agi à New York. Tout « garde » armé que nous trouverons sur le sol britannique sera immédiatement arrêté, et nous vous tiendrons à l'écart de Mlle Delacourt.

Si ces menaces eurent un effet quelconque sur Jeremiah, il ne le montra pas. Il resta silencieux et me tint la porte. De mon côté, j'étais heureuse de pouvoir partir, même si l'idée d'être escortée ne me plaisait pas beaucoup.

— J'ai réservé au Carlton Tower…

— Non, c'est trop exposé. Mes hommes vont vous conduire dans un endroit sûr en dehors de la ville.

Je me demandai si elle pensait à notre seule protection ou également à celle de passants innocents? Pour autant que nous le sachions, l'attentat de Dubaï avait visé les seuls frères Hamilton; sauf qu'il avait raté sa cible et blessé au passage des clients de l'hôtel. La culpabilité me tenaillait. Mais quand je regardai Jeremiah, je constatai que son visage était aussi indéchiffrable que d'habitude.

Les questions se bousculaient dans ma tête tout en se réduisant à une interrogation essentielle: pourquoi? Pourquoi cherchait-on à atteindre Jeremiah? Pourquoi ce dernier avait-il volé à mon secours? Pourquoi surtout me retrouvais-je mêlée à tout ça?

Si j'avais espéré que nous ferions le trajet chacun de notre côté, j'en fus pour mes frais. Quand nous sortîmes dans l'air frisquet de Londres, une voiture noire nous attendait. Il s'agissait d'une sorte de mini-van carré, un taxi très différent des américains auxquels j'étais habituée.

— Vous n'avez rien de plus sûr? grogna Jeremiah.

— Il se fondra dans la circulation, répondit Marie en haussant les épaules. Avec un peu de chance, si on essaye de vous suivre, on perdra rapidement votre trace. Par ailleurs, des hommes à moi vous suivront à bord de leur propre véhicule.

Le vent froid mordait à travers mes vêtements et je m'engouffrai dans le véhicule, aussi spacieux que le laissait deviner l'extérieur. Je me tassai au fond de la banquette. Jeremiah me rejoignit, faisant osciller la voiture, et examina l'habitacle avant de s'asseoir. Refusant de le regarder, je me tournai vers la fenêtre. Cela ne m'empêcha pas de voir du coin de l'œil qu'il s'installait le plus loin possible de moi.

Je le reconnais, c'était à la fois paradoxal et hypocrite de ma part, mais je ressentis un pincement au cœur en constatant qu'il gardait ses distances.

Le trajet se déroula dans un silence pesant. Je ne profitai même pas du paysage tant sa présence me perturbait. J'aurais pu profiter de l'occasion pour lui poser les questions qui me hantaient ; j'avoue que je redoutais ses réponses. Coincée dans ce taxi, je n'aurais nulle façon de les fuir, je serais forcée d'affronter ce qu'il risquait de me révéler.

Cédant à ma lâcheté, je me tus.

Ce ne fut qu'une fois en pleine campagne que je commençai à m'intéresser à mon environnement. Je n'avais pas la moindre idée de l'endroit où nous nous rendions mais, au fur et à mesure que la voiture avalait les kilomètres, le paysage devenait de plus en plus champêtre et rustique. Le soleil ne réussit à transpercer les nuages qu'à de rares reprises avant de se coucher définitivement derrière la ligne d'horizon. Malgré la lumière déclinante, je distinguais des collines vertes parsemées de moutons blancs. Peu à peu, je me détendis. Un léger sourire finit même par étirer mes lèvres. Enfant, j'étais venue à Londres. En revanche, je n'avais pas eu l'occasion de voyager dans le pays. Dans les villages, des maisons à l'architecture presque médiévale côtoyaient des édifices plus modernes, créant une étrange dichotomie.

— Amira n'a rien eu. Je me suis dit que vous aimeriez le savoir.

De fait, ces mots eurent le don de soulager l'étau qui me serrait le cœur depuis que j'avais entendu les nouvelles retransmises à la télévision. Soulagée, j'appuyai ma tête contre la vitre. Je ne répondis pas tout de suite, de peur que ma voix trahisse mon émotion.

— Comment cela s'est-il passé, finis-je toutefois par demander.

— Je l'ignore. Mon avion avait déjà décollé quand j'ai été prévenu.

Il se tut un instant avant d'ajouter d'une voix plus douce :

— Je crois que Rachid ne s'en est pas sorti.

Je fermai les yeux, submergée par la tristesse et la compassion pour la jeune fille qui venait de perdre son frère.

— Pourquoi faut-il que ces choses-là arrivent? soufflai-je.

Je crus que ma question s'était perdue dans le grondement sourd du moteur, car Jeremiah ne réagit pas tout de suite.

— Je ne sais pas, répondit-il quelques instants plus tard.

Me détournant de la fenêtre, je le regardai en face.

— Comment peut-il vous haïr au point de tuer des innocents?

— À mon avis, nous ne sommes qu'un prétexte qui lui permet d'assassiner des gens et de rejeter la faute sur nous.

— C'est comme si tout recommençait à zéro avec l'Archange, murmurai-je.

L'Archange, le tueur qui avait traqué Jeremiah. J'avais contrecarré ses plans, ce pour quoi j'avais failli mourir à deux reprises. De nouveau, la peur m'envahit, sournoise.

— Maintenant que je connais son visage, il va…

Je ne pus aller au bout de ma phrase. Un froid intense s'infiltra jusqu'à la moelle de mes os et je fus prise de tremblements incontrôlés. Soudain, Jeremiah fut tout près de moi.

— Je vous protégerai. J'en fais le serment.

Je le fixai droit dans les yeux, trop épuisée pour ressentir de la honte ou du chagrin devant l'abîme qui nous séparait désormais.

— En quel honneur? chuchotai-je. Que suis-je pour vous, maintenant?

Qu'ai-je jamais été pour vous, au demeurant?

— Parce que…

Il tendit la main vers moi avant d'interrompre son geste en serrant le poing.

— Parce que…

Je posai un doigt sur ses lèvres.

— Ça n'a pas d'importance, dis-je en promenant mon pouce sur son menton.

Sa barbe naissante picotait. Je laissai tomber ma main sur mes genoux avant de m'appuyer contre lui.

— Serrez-moi juste dans vos bras, soufflai-je. S'il vous plaît.

Il s'exécuta aussitôt, et je me lovai contre son corps.

4

Il n'était pas loin de minuit quand la voiture s'arrêta devant une maison en pierre. À un moment ou un autre, la bruine s'était mise à tomber, mais j'étais alors endormie, roulée en boule, la tête sur les genoux de Jeremiah. Quand je me réveillai, je constatai qu'il avait étendu sa veste sur moi. Sa chaleur était la bienvenue, et je frottai mon nez sur sa jambe, tandis que le chauffeur sortait pour entrer dans la maison.

Le bas-ventre de Jeremiah était juste au-dessus de ma tête. L'esprit encore engourdi par le sommeil, je caressai du bout des doigts la bosse qui se dessinait sous son pantalon. Les muscles de sa cuisse se raidirent aussitôt, et il poussa un bref soupir. Sinon, il ne broncha pas. Son érection grandit rapidement au contact de ma main et, m'enhardissant, je me mis à le caresser.

Tout à coup, ses doigts se refermèrent comme un étau autour de mon poignet et m'immobilisèrent. Levant les yeux, je vis qu'il me fixait de ses prunelles vertes dont l'éclat transperçait la pénombre. Honteuse, je me redressai et m'écartai de lui. Il me retint.

— Lâchez-moi !

— Lucy…

À cet instant, ma portière s'ouvrit, et un vent froid s'engouffra dans la voiture. Un agent d'Interpol apparut dans l'encadrement de la portière, la prise de Jeremiah se relâcha légèrement et je m'en libérai. Je m'empressai de sortir du taxi et m'écartai tandis que Jeremiah descendait à son tour. Il ne s'approcha pas de moi. Il était en chemise, et je me rendis compte que j'avais toujours sa veste sur les épaules.

— Par ici, dit un autre policier au fort accent britannique.

Je le suivis vers la porte d'entrée alors que le taxi repartait. Le brouillard recouvrait la campagne, l'atmosphère était humide et il faisait froid. Malgré moi, je m'emmitouflai dans la veste de Jeremiah – qui me suivait de quelques pas. Elle avait son odeur et j'agrippai le tissu épais.

Nous contournâmes la maison et je m'aperçus qu'il s'agissait en réalité d'une chambre d'hôte. L'espace qui devait servir de parking étant vide, j'en déduisis que nous étions les seuls clients.

— Nous passerons la nuit ici et repartirons dès demain, nous annonça le policier, un jeune homme blond.

Il s'arrêta devant une porte verte et y frappa trois coups. Un nouvel agent – une armoire à glace aux cheveux bruns – ouvrit. Il nous salua d'un signe de tête, et son collègue nous invita à entrer du geste. La porte débouchait sur un petit vestibule dans lequel donnaient plusieurs chambres.

— Vos chambres pour cette nuit.

J'ouvris la première porte qui se présentait à moi et découvris une pièce où une lampe de chevet était déjà allumée, éclairant vaguement les murs recouverts de papier peint. La petite pièce avait un charme désuet, il y avait juste assez de place pour contenir un lit double et une commode. La salle de bains se trouvait au bout du couloir et, apparemment, était commune.

— Essayez de dormir un peu, nous conseilla le jeune policier. Nous partirons à la première heure.

— Pour aller où ? demanda Jeremiah, le front plissé. Personne n'a daigné nous renseigner à ce sujet.

— Malheureusement, cette information est confidentielle. En tout cas, soyez certains que, pour cette nuit, vous ne courrez aucun danger.

L'agent nous gratifia tour à tour d'un hochement de tête avant de ressortir, nous laissant seuls dans le couloir. Je m'appuyai au battant de la porte de ma chambre. Dire que j'étais nerveuse aurait été très loin de la vérité. Mais il aurait été grossier de me réfugier sans lui souhaiter bonne nuit. Pourtant, je n'avais qu'une envie : me sauver.

— Il faut qu'on parle Lucy…

— Non, l'interrompis-je en dressant une main et en reculant dans ma chambre. Tout a été dit.

Je me mordis la langue pour ne pas en dire plus. J'aurais beau présenter mes excuses tous les jours jusqu'à la fin des temps, rien n'effacerait jamais ma conduite. Le P-.D.G. de Hamilton Industries ne m'avait jamais semblé être du genre à pardonner. Or je me doutais que je ne survivrais pas au châtiment qu'il avait l'intention de m'infliger.

J'allais refermer la porte lorsqu'une large main se glissa dans l'entrebâillement. Instinctivement, je passai la tête dans le couloir. Jeremiah me fixait, ses traits exprimant en cet instant plus d'émotions que je ne lui en avais vu manifester de toute la journée. Il serrait le battant de la porte avec une telle violence que la jointure de ses phalanges avait blanchi.

— Lucy

Il s'arrêta net, comme s'il ne savait pas quoi dire. Si son regard était intense, presque implorant, Jeremiah Hamilton ne suppliait jamais. C'était de notoriété publique. Je fus saisie par la frustration.

— Mais de quoi donc voulez-vous discuter ? Vous avez été parfaitement clair, et je ne…

Je m'interrompis, secouai la tête avant d'enchaîner :

— Il s'est passé sur ce bateau des choses dont vous n'êtes pas au courant, mais peu importe. Comme vous l'avez si élégamment formulé, j'ai… *baisé* (je trébuchai sur le mot sur le mot) avec Lucas. Je ne peux rien y changer.

— J'aurais dû vous protéger.

— Conneries ! Ce n'est pas votre faute.

L'épuisement m'avait envahi, je n'avais plus la force de me disputer. Je fermai les paupières, tentant de le tenir à l'écart.

— Bonne nuit, Jeremiah.

— Lucy…

Je repoussai doucement la porte, sans la fermer cependant, et me cachai derrière. Il avait lancé mon nom comme une supplique, et les larmes me piquèrent les yeux tandis que je plaquais une main sur ma bouche. Jeremiah lâcha l'encadrement, et je dus en appeler à tout ce qu'il me restait de forces et de volonté pour maintenir l'espace qui nous séparait.

Une fois de plus, je me retrouvai seule au monde.

Et, une fois de plus, mon cœur se brisait en mille morceaux.

Abattue par le chagrin et l'angoisse, je fus incapable de trouver le sommeil. Le sentiment de sécurité que la présence de Jeremiah m'avait procuré s'était totalement volatilisé. Je me tournai et me retournai dans mon lit jusqu'aux premières lueurs grises du matin.

Le réveil sur la table de chevet indiquait à peine cinq heures quand un coup brusque retentit à ma porte, et que la voix d'un des agents annonça :

— Il est temps d'y aller.

Je me levai après avoir gémi dans l'oreiller. Balayant le sommeil – ou plutôt son manque – de mes yeux, je lissai mes vêtements et titubai en direction de la porte. Il m'était très désagréable de ne pas avoir pu me changer, et j'espérais bien pouvoir le faire très bientôt. Une douche n'aurait pas été de trop non plus, mais comme je ne tenais pas à tomber sur Jeremiah, mon passage aux toilettes fut des plus bref.

Je ressortis prudemment de la salle de bains. Constatant que le couloir était désert mais ignorant si Jeremiah était encore dans sa chambre, je m'empressai de filer en direction de ce qui devait être le cœur de la maison. J'arrivai dans une pièce assez vaste qu'éclairaient quelques lampes, tandis que la faible lumière du jour naissant s'engouffrait par une fenêtre. Un plateau de pâtisseries et de confitures trônait sur un buffet. Me rappelant le ton pressant du policier qui m'avait réveillée, je me dis qu'il était peu probable qu'on nous accorde le temps de prendre un petit déjeuner. Je m'emparai d'un scone et d'un muffin que je mangerai en route.

Des pas résonnèrent à l'autre bout de la salle, et les deux agents d'Interpol apparurent sur le seuil. Le plus âgé s'avança.

— Prête ? me demanda-t-il.

J'acquiesçai quand, soudain, sous mes yeux éberlués, le jeune agent blond saisit une bouteille décorative sur un guéridon et l'abattit sur la nuque de son collègue. L'homme s'affaissa par terre. L'autre l'enjamba, les traits tiraillés par ce qui ressemblait à des regrets.

Ma stupéfaction tourna à l'horreur lorsqu'il dégaina son arme.

— Désolé, lâcha-t-il en vissant un long silencieux au bout du canon.

Sur ce, il me mit en joue.

Un mois auparavant, je serais morte sur-le-champ. Mes pieds se seraient immobilisés et mon cerveau n'aurait pas enregistré ce qui se passait. Pétrifiée, j'aurais été abattue sur-le-champ.

Les changements que peut produire la traversée d'événements effrayants sur les capacités de réaction sont tout à fait remarquables. Quand tout serait fini, j'aurais sûrement besoin d'un bon thérapeute.

Tout en hurlant le nom de Jeremiah, je lâchai le plateau de pâtisseries et me précipitai dans le couloir vers les chambres. J'entendis l'inimitable bruit étouffé d'un coup de feu tiré par une arme équipée d'un silencieux.

Je franchis le seuil au moment où l'impact de la balle laissait un trou dans le mur, dangereusement près de mon épaule. Je claquai la porte derrière moi et couru vers ma chambre, le tueur sur les talons.

La petite pièce n'était guère qu'un refuge symbolique. La seule issue possible était la fenêtre, et je n'avais nulle part où me mettre à l'abri d'une balle que le blond tirerait au travers de la porte en bois. Bref, il avait toutes les chances de m'atteindre. Je me blottis dans le coin le plus éloigné du battant et appelai à nouveau Jeremiah à l'aide. Sauf que, cette fois, la peur m'empêcha d'émettre plus qu'un filet de voix.

Je perçus dans le couloir des bruits de lutte et les grognements d'au moins deux hommes. Il y eut deux coups de feu, dont les balles transpercèrent le bois et se fichèrent dans un des murs de ma chambre. Peu après, un bref cri parvint à mes oreilles. Morte d'inquiétude pour Jeremiah, je rampai jusqu'à la porte et l'entrouvris. Ce fut lui qui me repoussa vivement en aboyant :

— Restez là-dedans. Je ne sais pas combien ils sont.

Intensément soulagée, je constatai qu'il tenait l'arme du blond, lequel gisait au sol, les mains en l'air, une grimace de souffrance sur le visage.

— Il a assommé son collègue, dis-je.

La vue de mon assaillant se tordant à terre provoqua en moi des frissons de terreur *a posteriori*. Je me dissimulai derrière la porte, bien qu'ayant conscience de la futilité de mon geste au cas où un autre tueur aurait débarqué.

— Pourquoi nous a-t-il attaqués?

— Aucune idée, et on s'en fout.

— Il retient ma famille!

Je baissai les yeux sur l'agent blond qui tentait de se redresser. Ce qu'il cessa de faire sitôt que Jeremiah braqua le canon du pistolet sur sa tempe. Le blessé plaquait un bras sur sa poitrine, son regard était désespéré.

— Il a exigé que je...

— Que vous nous abattiez pour relâcher les vôtres? lâcha Jeremiah.

La culpabilité qui envahit le visage de l'homme à ses pieds fut une réponse amplement explicite. Jeremiah leva son arme.

— On s'en va, m'ordonna-t-il.

— Non! cria l'agent blessé tout en tentant de bouger.

Cette fois, Jeremiah tira. L'agent d'Interpol poussa un gémissement et lâcha le petit revolver qu'il dissimulait au creux de sa main. De sa main valide, il agrippa sa jambe en pantelant.

— Votre portable! Exécution!

Il fallut quelques secondes, mais l'homme finit par extirper l'objet d'une de ses poches et, les doigts tremblants et ensanglantés, le remit à Jeremiah. Ce dernier s'empara de l'appareil avant de me tendre la main.

— Venez!

Même si nous n'avions aucune garantie d'être en sécurité dehors, il était exclu que je reste dans cette maison. Acceptant la main offerte, j'enjambai le malheureux couché au sol.

— Je suis désolée pour votre famille, murmurai-je.

Jeremiah m'entraîna vers la grande salle. Avant de sortir, il se baissa sur le collègue assommé et vérifia son pouls.

— Il est vivant, constata-t-il.

Ensuite, il le fouilla, prit les clefs de la voiture et m'entraîna sans ménagement à l'extérieur. Je m'installai sur le siège passager, un brin déroutée par le fait de me retrouver à gauche du véhicule, mais pas derrière le volant.

— Où allons-nous? demandai-je alors que Jeremiah démarrait.

— Je n'en sais rien, mais nous ne pouvons pas rester ici.

Nous avions à peine rejoint la route lorsque le portable sonna dans sa poche. Nous échangeâmes un regard, puis il décrocha tout en mettant l'appel sur haut-parleur.

— État de la cargaison?

Je n'eus aucune difficulté à reconnaître l'accent prononcé de Marie. Toutefois, au lieu d'être rassurée, je fus secouée de frissons. Faisait-elle partie du complot elle aussi?

— Encore en vie, grommela Jeremiah. La cargaison va tenter de rentrer chez elle sans encombre.

Il y eut un silence, et je pus presque voir la femme demander à ses collaborateurs de tenter de localiser l'appel.

— Qu'avez-vous fait à mes hommes? demanda-t-elle ensuite.

— L'un d'eux a assommé son confrère avant de s'en prendre à nous, affirmant qu'un mystérieux « il » avait enlevé et détenait sa famille. Je crois que nous savons tous qui se cache derrière ce « il ».

— Restez où vous êtes, monsieur Hamilton. Nous allons vous rejoindre et régler ce...

— Non, la coupa sèchement Jeremiah. Nous avons testé vos méthodes, nous allons employer les miennes qui priment à présent.

— Monsieur Hamilton, si jamais vous faites intervenir votre milice sur notre territoire et provoquez un incident d'envergure internationale...

— C'est déjà le cas, madame Gautier. À moins que vous ayez oublié Dubaï? Si je découvre quelque chose, votre bureau sera le premier averti. Au revoir.

Jeremiah coupa le haut-parleur, ce qui ne m'empêcha pas d'entendre les protestations stridentes de l'agent d'Interpol avant qu'il raccroche. Il baissa sa vitre, jeta le portable par la fenêtre puis accéléra sur la route étroite.

— Il faut que nous trouvions un autre véhicule ainsi qu'un téléphone.

— Les cabines rouges sont des téléphones publics, on en trouvera sûrement une dans la prochaine ville, suggérai-je.

— Que s'est-il passé d'autre sur ce bateau ?

Surprise par la question, je le dévisageai.

— Vous tenez vraiment à parler de ça maintenant ?

— Oui.

En soupirant, je me tournai vers la fenêtre.

— Votre frère m'a sauvé la vie. À deux reprises.

J'effleurai l'éraflure qui marquait mon cou. Elle n'avait même pas encore cicatrisé.

— La première fois, face à un autre trafiquant qui… disons, avait des vues sur moi, et la seconde face à un saboteur qui me menaçait d'un couteau.

Le silence s'installa un moment avant qu'il poursuive :

— C'est la raison pour laquelle vous avez couché avec lui ?

— Non ! me défendis-je aussitôt.

Si ma réponse avait été spontanée, je pris cependant le temps d'y réfléchir. Jusqu'à présent, j'avais évité de trop m'interroger sur les événements, encore trop confus pour moi.

— C'est possible, me corrigeai-je. En partie, sans doute. Une grande partie, peut-être. Je sais, ajoutai-je en poussant un nouveau soupir, il m'avait enlevée et il n'apporte que des ennuis, mais…

Je ne terminai pas ma phrase et replongeai dans mes pensées.

— Lorsque vous m'avez délaissée, repris-je, ça a été très douloureux. Vous n'imaginez sûrement pas à quel point. Vous avez réduit mon amour au rang de « platitude » avant de disparaître dans la nature. Sur le moment, je ne savais même pas si vous reviendriez. Puis Lucas a débarqué, m'a donné le choix : le suivre ou rester. Quand j'ai opté pour la deuxième solution, il m'a kidnappée et embarquée de force à bord de ce bateau.

— Je suis désolé.

Je tressaillis. Ces mots, dans la bouche de Jeremiah Hamilton, étaient plus que surprenants.

— De quoi exactement ? m'enquis-je, incertaine de la manière dont je devais prendre ces excuses.

— De ne pas vous avoir protégée.

Fermant les yeux, je posai ma nuque contre l'appuie-tête.

— Vous ne saisissez pas vraiment, n'est-ce pas ?

— Que voulez-vous que je dise ?

Furieuse, je rouvris les paupières, croisai les bras et lâchai :

— Ce que je voudrais, surtout, c'est que vous trouviez les paroles adéquates tout seul !

— Lucy…

— J'ai failli être violée, tuée ! Vous êtes peut-être un habitué de ce genre de situations, mais ce n'est pas mon cas ! J'avais besoin de confort, d'un minimum de sécurité, et j'ignorais si vous vous souciez seulement de savoir si je…

Cette conversation me mettait dans une colère noire, faisant surgir en moi des émotions que je n'avais pas encore affrontées. Je regardai par la vitre, légèrement secouée par l'effet des pavés de la route.

— Il n'empêche, vous me reprochez ce qui est arrivé.

— Non, soupirai-je, je ne vous reproche rien, Jeremiah.

— Alors, pourquoi…

— Je n'en sais rien, nom d'un chien !

En cet instant, je me serais volontiers arraché les cheveux.

— Je ne sais même pas pour quelle raison nous sommes en train d'en discuter ! Dès le début, en m'obligeant à signer ce contrat, vous n'avez pas caché que je n'étais qu'un petit secret honteux.

— Donc, vous pensez vraiment que je suis responsable.

— Omondieu ! m'écriai-je en me couvrant le visage d'une main. Pourquoi ai-je cette conversation avec vous ?

J'avais l'impression de me cogner la tête contre un mur.

— J'ai besoin de comprendre, insista-t-il. Un jour, vous avez affirmé que vous m'aimiez…

— Aveu que vous m'avez cruellement rejeté à la figure.

— Lucy, j'ai juste été faire un tour en voiture.

— Vous m'avez dit non puis vous avez disparu !

— Je vous ai cherchée partout ! explosa-t-il soudain en cognant du poing sur le volant. Bon Dieu de merde, quand je suis revenu dans cette foutue maison et que j'ai appris que vous aviez été enlevée, je me suis démené comme un diable pour vous retrouver. Je ne supportais pas d'être éloigné de vous, de savoir que vous étiez en danger et que je ne pouvais pas vous aider. J'avais du mal à respirer, je n'arrivais plus à réfléchir parce que je…

Il s'interrompit brusquement et se figea.

— Parce que quoi ?

La colère m'avait désertée, comme si la sienne l'avait apaisée en une sorte de jeu de vases communicants. Je retenais mon souffle.

— Parce que vous m'aimiez ?

J'avais essayé d'adopter un ton sarcastique. En vain. Les mots étaient sortis dans un chuchotement apeuré. Jeremiah ne daigna pas me répondre, gardant un long moment les yeux rivés sur le pare-brise, les doigts serrés autour du volant. Puis il écarta sa main gauche, la posa paume en haut sur le tableau de bord, comme s'il me demandait de poser la mienne dedans.

— Peut-être, murmura-t-il.

Sidérée, je le regardai, bouche bée. Une nouvelle vague d'émotions me submergea, déferlant en une rage absolue.

— Espèce de fils de pute ! éructai-je en abattant mon poing sur son épaule.

Une fois, puis deux. J'étais dans un tel état que je n'avais pas d'autre façon d'exprimer ce que je ressentais. J'avais envie de le frapper parce qu'il était tellement… *homme*. Il ne réagit pas, me laissant exprimer ma colère, ne retira pas sa main offerte. Je le détestai encore plus pour ce calme, la patience inébranlable dont il faisait preuve. Je l'aurais volontiers frappé jusqu'à ce qu'il craque, mais je finis par croiser les bras sur ma poitrine et me résignai à mariner dans mon propre jus.

— Vous croyez vraiment que prendre ma main va arranger les choses ? marmonnai-je.

— Non, mais c'est un début.

Je ne cédai pas, et le silence retomba, pesant. Sans paraître s'en formaliser, plus stoïque que jamais, Jeremiah continua à conduire.

Au bout d'un très, très long moment, je soupirai et claquai ma paume contre la sienne. Il ignora mon agacement, noua ses doigts autour des miens et les serra fort.

— Sachez que je vous déteste, là tout de suite, maugréai-je.

Pas question qu'il se doute à quel point il était bon de sentir sa peau contre la mienne. Je continuai à observer le paysage sans prêter attention à la chair de poule qui parcourait mon bras, refoulant la joie qui menaçait d'éclater.

Il n'a rien dit de spécial, il se contente de te tenir la main. Arrête d'être une telle gourde !

Malgré tout, quand il serra de nouveau mes doigts, un sourire spontané étira mes lèvres. Il va de soi que je pris grand soin de le cacher à mon voisin.

5

Ce jour-là, nous changeâmes de voiture quatre fois. Chaque fois que nous en volions une, je me sentais de plus en plus mal. Jeremiah évita systématiquement les grandes villes et tous les endroits susceptibles d'être truffés de caméras de surveillance. Sa paranoïa était parfaitement en phase avec la mienne. Il n'empêche, j'avais conscience de nuire à des innocents et je n'appréciais guère de me comporter en criminelle.

Mais je détestais encore plus la perspective de mourir.

Au fur et à mesure que la journée s'écoulait, nous zigzaguâmes à travers la campagne, allant de cabine téléphonique en cabine téléphonique. Jeremiah ne s'y attardait jamais très longtemps. Le deuxième véhicule que nous dérobâmes contenait une centaine de livres sterling dans la boîte à gant, que Jeremiah empocha sans remords.

— Rassurez-moi, l'apostrophai-je, nous rembourserons ces gens, non?

— Nous les rembourserons, en effet.

Je le crus.

Quand le crépuscule s'annonça, j'avais hâte de prendre une douche et de me coucher. Je portais toujours les vêtements dans lesquels j'avais voyagé depuis Dubaï, et j'avais mal dormi la nuit précédente. Je ne me sentais pas vraiment sexy. J'étais épuisée quand nous nous arrêtâmes dans une nouvelle chambre d'hôte, encore plus rustique que celle de la veille.

Je me chargeai de prendre la chambre – encore une fois, un lit sans grand-chose d'autre – pendant que Jeremiah s'occupait de la voiture. J'ignorais ce que cela pouvait signifier exactement, mais ça m'était bien égal. Au moins, la pièce avait sa propre salle de bains et, sitôt que Jeremiah eut disparu, je me déshabillai et filai sous la douche.

Je profitai de l'eau chaude pendant quarante-cinq minutes environs, chaque goutte était un délice. Lorsque je fermai le robinet, j'eus l'impression d'être en meilleure forme que je l'avais été de toute la journée. Je me séchai les cheveux puis m'enroulai dans un drap de bain avant de m'attaquer à la corvée que je m'étais assignée : laver mes vêtements. Cela fait, je les suspendis aux porte-serviettes.

J'avais à peine regagné la chambre que la porte s'ouvrit sur Jeremiah. Nous nous figeâmes tous les deux sur place et nous dévisageâmes de chaque côté de la pièce. L'avidité de son regard fit se raidir mes tétons sous le tissu en éponge. Lentement, il referma la porte derrière lui, et je me tendis en percevant le cliquetis du pêne se bloquant dans la gâche.

Il approcha de moi et je me plaquai à l'armoire. Il me dominait de toute sa taille. Toutefois, il n'esquissa pas un geste pour me toucher. J'agrippai ma serviette et, d'une voix étranglée, soufflai :

— Voulez-vous qu'on parle maintenant ?

— Laissons tomber les paroles.

Je cessai de respirer. Sa large main se posa sur la mienne et décrispa doucement les doigts qui retenaient le tissu. Quand sa peau rugueuse effleura ma poitrine, je déglutis et les muscles de mon ventre tressaillirent. Sans se presser, comme s'il déballait un cadeau, Jeremiah dénoua le drap de bain avant de l'écarter.

L'air froid me fit frissonner. Pour autant je ne le quittai pas des yeux. Je luttai pour ne pas me débattre, ne pas broncher, ne pas m'enfuir et m'enfermer à clef dans la salle de bains. Ce n'était pas bon signe ; en aucun cas, je n'aurais dû permettre ce qu'il était en train de faire.

Mais, mon Dieu ! Je le désirais jusque dans la moindre fibre de mon corps.

Ses mains glissèrent sur mes seins – ce qui fit durcir encore plus mes tétons – mais ne s'arrêtèrent pas et descendirent jusqu'à mes hanches. Jeremiah s'inclina vers moi. Ses lèvres magnifiques n'étaient qu'à quelques centimètres de ma bouche, et je levai légèrement le menton, tandis qu'il prenait mes fesses en coupe.

Lorsqu'il me souleva, je poussai un petit cri et crochetai mes bras autour de ses épaules pour éviter de tomber en arrière. Puis j'enroulai mes jambes autour de sa taille. Le laser vert de ses prunelles plongea sur ma poitrine.

— Je n'ai pensé qu'à ça toute la journée, soupira-t-il.

Sur ce, il baissa la tête et attrapa l'un de mes tétons entre ses dents. Pliant la nuque en arrière, tremblant de tous mes membres, je ravalai un gémissement. Ses doigts s'enfoncèrent dans les chairs de mes fesses tandis que sa langue jouait avec mon mamelon érigé avant de passer au second. Je me cambrai pour m'offrir encore mieux à sa bouche, agrippant son épaisse chevelure.

— Jeremiah ! exhalai-je, comme si ce prénom était sacré.

Un frisson parcourut alors tout son corps. Sans me lâcher, il écarta les globes de mes fesses et déplaça ses doigts le long de ma raie, toujours plus bas. Lorsqu'ils trouvèrent les lèvres de mon sexe et entreprirent d'en caresser sans ménagement les plis, je ne pus retenir un cri. Son pouce revint en arrière et se mit à masser un autre de mes accès dont, je le savais, il raffolait, signe avant-coureur de ce qui allait sans aucun doute suivre.

Reculant d'un pas, il nous fit virevolter et me déposa tendrement sur le lit. Je le libérai et m'adossai aux oreillers. J'étais couchée à même le couvre-lit en patchwork.

— Agrippez la tête de lit à deux mains, m'ordonna-t-il, et ne la lâchez pas avant que je vous y aie autorisée.

J'obtempérai en tremblant. Il s'amusa à pétrir mon ventre.

— Si vous me désobéissez, reprit dans un murmure, je serai obligé de vous fesser. Compris? Si oui, acquiescez.

J'opinai. Il s'agenouilla alors au bord du lit. Du bout des doigts, il frôla mon ventre et mes hanches.

— Vous contempler ainsi m'a manqué, chuchota-t-il. Je vous interdis de bouger ou d'émettre un son pendant que je m'amuse avec vous. Entendu?

Me mordant les lèvres, je hochai de nouveau la tête. Sa main plongea aussitôt entre mes cuisses et je fermai les yeux. Tout mon corps se raidit lorsque l'un de ses doigts se posa sur le bouton de mon clitoris, et je dus résister à l'envie de ne pas aller à la rencontre de son contact. Du plat de son autre main, il caressa mon bas-ventre jusqu'au mont-de-Vénus, ne me laissant aucune chance de respirer entre deux vagues de plaisir. Quand son majeur s'insinua en moi, écartant à peine la peau, je m'arquai malgré moi alors que mes talons s'enfonçaient dans le matelas.

Sa réaction fut immédiate: la main placée sur mon sexe assena une claque brutale sur mes fesses. Je sursautai avant de me plaquer de nouveau sur le lit. La gorge nouée, je me préparai à subir un autre assaut de ses mains à la redoutable habileté.

Si ceci était sa façon de me punir, c'était une torture exquise. Je l'agrippai si fort aux montants métalliques du lit que je craignais de les tordre ou de les briser. Heureusement, ils étaient plus solides qu'il y paraissait. Bien malgré moi, je laissai parfois échapper des gémissements, aussitôt châtiés par des claques sur mes fesses, dont la peau ne tarda pas à me brûler. Il n'empêche, devoir ainsi contrôler mes réactions, être obligée de rester immobile et d'endurer sans broncher ne faisait qu'ajouter au plaisir que chaque caresse, chaque effleurement provoquait.

Quand, enfin, Jeremiah cessa de jouer avec moi, j'étais tellement excitée que c'en était presque douloureux. Il se leva, commença à défaire sa ceinture.

— Mains et genoux de chaque côté du lit !

Le ton de commandement était délicieux et les légères trémulations que je décelai dans sa voix alors que je m'exécutai étaient un plaisir. Entendant un bruit, je jetai un coup d'œil à la dérobée et vis qu'il tenait un sachet en papier.

— Regardez devant vous !

J'obéis, non sans lever les yeux au ciel. Cela me valut une nouvelle claque sur les fesses.

— Pas d'insolence !

Comment diable avait-il réussi à déceler ma mimique ?

— Sadique, murmurai-je.

Bien que je m'y sois attendu, le coup suivant me fit frémir.

— Peut-être, oui, commenta-t-il avec humour.

Sur ce, il s'empara de mes fesses et les écarta en grand. Je retins mon souffle sous la caresse de l'air sur mes chairs sensibles. Mes doigts se crispèrent sur le couvre-lit. Il glissa alors ses pouces dans la fente de mon cul. Si ma peau avait été attendrie par la douche bien chaude, mes muscles étaient aussi raides qu'une planche de bois. Jeremiah se pencha sur moi.

— Je vous enculerai tout à l'heure, me chuchota-t-il à l'oreille. Mais avant, je veux vous entendre hurler.

La respiration heurtée, j'attendis. Il se releva, et je devinai qu'il s'agenouillait derrière moi. J'eus tout juste le temps de renforcer ma prise autour du tissu et d'y enfoncer mon visage avant que sa bouche se pose sur mon sexe. Sa langue en fouilla l'intérieur puis se lança à l'attaque de mon intimité humide.

Cette fois, il me fut impossible de retenir mes cris, et je priai pour que nos voisins, si nous en avions, aient l'esprit large. Certes, le matelas en étouffa la plupart, mais Jeremiah ne fut satisfait qu'après m'avoir laissée haletante et gémissante. Lorsqu'il s'écarta enfin de moi, j'étais une naufragée qui adressait ses supplications aux oreillers.

— Vous dites?

— Par pitié Jeremiah, j'ai besoin… je vous en prie…

Je me tus et fermai les yeux lorsque je sentis entre mes fesses quelque chose de dur et épais. Sans avoir besoin d'aucun lubrifiant, il s'enfonça en moi, et mes muscles frémissants se tendirent pour mieux le recevoir. Je criai dans la dentelle tout en soulevant le bassin pour mieux accueillir son deuxième assaut.

— Ah! gronda-t-il. C'est bon!

Il roula des hanches et plongea de nouveau en moi. Rejetant la tête en arrière et poussai des hurlements. D'une poigne ferme, Jeremiah attrapa mes cheveux. Sans les tirer, il s'y agrippait pour me maintenir en place tandis qu'il me martelait, étirant et frôlant tous mes endroits sensibles.

L'orgasme qu'il m'avait interdit était sur le point d'exploser, mais je tâchai de rester sur le bord de la falaise vertigineuse, m'accrochant à ces moments de plaisir douloureux. Retenant des sanglots de plaisir, bougeant mes hanches au rythme des assauts de mon amant, je ne basculai que quand je sentis ses dents érafler mon épaule avant de descendre le long de ma colonne vertébrale. Mes halètements étouffés par la dentelle, je jouis alors que Jeremiah était secoué par un intense frisson.

Il s'affala sur moi, le souffle rauque. Il embrassa le lobe de mon oreille, ses lèvres jouèrent dessus, puis il se retira. Je roulai sur le flanc et le regardai se nettoyer. Trop épuisée pour manifester mon étonnement autrement, je haussai un sourcil.

— Vous aviez des capotes?

— Simple mesure de précaution, répliqua-t-il avec un clin d'œil.

Un geste si désinvolte que j'en restai bouche bée. Je l'observai un moment avant de reprendre :

— Vous adorez ça, n'est-ce pas? Le danger sans rapport avec les affaires de famille.

Il ne répondit pas tout de suite. Ce n'était pas nécessaire, je savais que j'avais vu juste. Jeremiah avait reçu le fardeau de l'héritage paternel ; les machinations et la mort de Rufus lui avaient interdit la seule existence que le farouche jeune homme appréciait, elles l'avaient contraint à se fondre dans un moule qu'il abhorrait. Mais ce n'était que maintenant que je prenais toute la mesure du phénomène.

— Vous me rappelez votre frère, commentai-je en inclinant la tête pensivement.

Je compris aussitôt que ma remarque était une erreur en le voyant se raidir.

Il n'était pas encore prêt à accepter ce genre de comparaison, me dis-je. *Toutefois, quand le vin est tiré…*

— Écoutez, poursuivis-je en m'adossant aux oreillers, j'ai conscience que vous n'avez pas eu la vie facile. Le peu que je connais de votre vie suffit à me convaincre que ça n'a pas été une partie de plaisir. Mais j'ai une question : si vous aviez la possibilité de faire ce que vous voulez, seriez-vous encore P.-D.G. de Hamilton Industries ?

— Non.

Cette fois, la réponse avait fusé, éloquente.

— Alors, pourquoi continuez-vous ?

— Je n'ai pas le choix, maugréa-t-il, tandis que son visage se fermait. Sans moi, les sociétés seront liquidées. Mon père y a veillé : je démissionne, tout se casse la figure.

— Eh bien, laissez faire ! ripostai-je. Ou trouvez une faille juridique. Dommage que Lucas soit un criminel recherché par les autorités. Il aurait peut-être repris les affaires.

— Ce n'est pas aussi simple.

— Bien sûr. Il n'empêche, ça pourrait être une solution.

M'enroulant dans le couvre-lit, je m'assis au bord du matelas. La pièce était si exiguë que je n'eus pas à trop tendre mon bras pour attraper sa main.

— Vous avez joué les héros suffisamment longtemps, enchaînai-je. On a l'impression que votre vie se réduit à sauver le monde. Parfois, il faut aussi savoir lâcher prise.

À cet instant, on frappa à la porte.

Je me figeai, plaquant les draps sur ma poitrine. Je n'aurais jamais le temps d'enfiler quelque chose si quelqu'un décidait soudain d'entrer dans la pièce. Un doigt sur les lèvres, Jeremiah traversa la chambre à pas de loup. Il jeta un coup d'œil à travers l'œilleton puis entrebâilla la porte.

— Vous n'avez pas été suivi?

— Si c'est le cas, je les ai semés.

Je connaissais cette voix. Jeremiah s'écarta pour laisser passer son interlocuteur, et je me couvrais encore plus quand Ethan, son ancien chef de la sécurité, fit son apparition. Il s'arrêta net en me voyant, et je me sentis rougir comme une pivoine. Son regard ne s'attarda pas sur moi et il se tourna vers Jeremiah.

— Merci d'être venu, lui dit ce dernier. Des problèmes pour entrer dans le pays?

— Non, j'avais déjà un billet d'avion, donc ça n'a éveillé aucun soupçon. J'ai un entretien prévu pour un boulot de consultant en sécurité dans les environs de Londres.

Quelque chose passa entre les deux hommes dans le silence embarrassé qui suivit. Ethan avait peut-être été dans les rangers avec Jeremiah mais sa présence me mettait mal à l'aise. La dernière fois que je l'avais vu, il m'avait livrée à un tueur à gages. À sa décharge, l'assassin avait enlevé son épouse, Celeste. J'avais tout de même du mal à l'oublier. Jeremiah avait renvoyé son ancien camarade d'unité après ce coup en traître. J'ignorais si l'imposant chauve avait eu des ennuis judiciaires par la suite, mais son arrivée ici représentait une véritable surprise.

— Je ne vous aurais pas contacté si j'avais eu le choix, ajouta Jeremiah d'une voix dénuée de chaleur.

— Je le regrette. Mais bon, je suis ici, maintenant, prêt à vous aider.

— Celeste?

— Elle est toujours très en colère après moi. Nous faisons de notre mieux pour que ça s'arrange.

Jeremiah hocha la tête puis me regarda.

— Reposez-vous. Je reviens dans quelques minutes.

Je brûlai de lui dire que je méritais d'être mise au courant de ce qui se tramait. La présence d'Ethan m'en empêcha. Ce dernier se contenta d'arquer un sourcil dans ma direction. Mon statut de maîtresse attitrée du P.-D.G. de Hamilton Industries était donc officiel. Jusqu'alors, j'avais été présentée comme son assistante personnelle. En public. Ce rôle ne tenait plus dès lors que nous regagnions la sphère privée. Je ne doutais pas qu'Ethan, fin observateur, l'ai su dès le début. À présent, c'était une évidence.

Je ne pensai pas pouvoir m'endormir en raison de la menace qui pesait sur nous, mais à l'instant où je posai la tête sur l'oreiller et m'enfonçai dans le matelas, je sombrai dans un sommeil profond.

Il faut croire que la vie de criminelle en fuite en Angleterre me convenait parfaitement.

Je ne sortis pas de ma torpeur quand Jeremiah réintégra la chambre, seul, ni quand il se coucha près de moi, entièrement nu. Je dus néanmoins sentir quelque chose, car mes rêves prirent un tour érotique. J'ignore combien de temps je flottai entre monde onirique et réalité tangible, mais je m'éveillai en gémissant sous l'effet de quelque chose cherchant à me pénétrer.

J'étais couchée sur le ventre, Jeremiah avait passé un bras sous ma tête et pesait de tout son poids sur moi. Son odeur était partout. Tout en agaçant mon lobe de ses lèvres, il réitéra sa tentative de se glisser dans mon cul.

— Bon sang ! Ce que vous êtes étroite !

Sa remarque m'arracha un sourire. Pendant que je dormais encore, il avait dû généreusement nous enduire de lubrifiant, car il bougeait en moi avec une délicieuse lenteur, s'enfonçant toujours plus loin. Je redressai les hanches afin de lui faciliter l'accès, et il déposa un baiser reconnaissant sur ma nuque. Il prit son temps, allant et venant avec une langueur exquise, soucieux de profiter un maximum de l'enchevêtrement de nos corps. Sa respiration était lourde, signe de la vigueur de son excitation, qu'il me communiqua.

— J'aime vous prendre ainsi, murmura-t-il à mon oreille tout en roulant des hanches pour mieux me pénétrer. Couchée sous moi, à ma merci, prête à accomplir mes désirs.

J'aime.

C'était la première fois que je l'entendais prononcer ces mots de cette façon. J'en enregistrai la signification mais remisai dans un coin de mon cerveau pour y réfléchir plus tard. J'étais à cet instant à la fois trop ensommeillée et trop distraite pour y songer.

— Tout ce que vous voudrez, lui répondis-je dans un souffle.

Je poussai un petit cri, car sa main s'était aussitôt faufilée le long de mon ventre pour se plaquer sur un sein et en titiller le mamelon du pouce.

— J'ai ce que je veux, là.

Je tournai la tête afin de le regarder. Dans l'obscurité, je ne distinguai que l'éclat de ses yeux.

— Je vous aime.

Il ne répondit pas. Je ne m'étais pas attendu à ce qu'il le fasse. Il accéléra le rythme, et les va-et-vient se transformèrent en coups de boutoir. J'enfouis mon visage dans les oreillers, ravie de lui procurer du plaisir. Je geignis doucement quand je sentis qu'il parvenait à l'orgasme.

— Je vous aime, Jeremiah Hamilton, répétai-je tout bas lorsqu'il jouit, les muscles de son abdomen vibrant sur mon dos.

Il se retira, m'arrachant un ultime soupir de plaisir, se blottit contre moi et m'attira à lui, son souffle caressant mon cou. Nous restâmes ainsi un long moment, le sommeil commença à de nouveau alourdir mon corps.

— Il faut que j'aille me nettoyer, chuchota-t-il avant d'embrasser ma joue.

— Encore un préservatif?

— C'est mieux ainsi. Rendormez-vous.

Il se leva et me borda. Je ne tardai pas à m'enfoncer dans un heureux et lourd sommeil. J'ai le vague souvenir de bras s'enroulant plus tard autour de moi et de lèvres me chuchotant des mots, mais j'étais trop loin pour me rappeler ce qui fut dit.

Le jour n'était pas encore levé lorsqu'un nouveau coup fut frappé à notre porte. Nous nous réveillâmes immédiatement et Jeremiah se dirigea silencieusement vers la porte tandis que j'attendais dans le lit. La pénombre ajoutait à ma nervosité.

Trois autres coups légers retentirent quelques secondes après le premier, suivis aussitôt d'un grattement. Jeremiah s'accroupit et entrouvrit le battant.

— Nous avons découvert quelque chose.

6

Dans ma vie, très rares avaient été les gens que j'avais détestés sur-le-champ. Mais le petit homme odieux qui se tenait en face de moi me répugna dès qu'il me mit la main aux fesses.

Je crus que Jeremiah allait lui arracher la tête, mais Ethan s'interposa vivement.

— Du calme. Ne nous battons pas avant d'avoir obtenu nos renseignements.

L'informateur eut un ricanement déplaisant et se faufila derrière le bar.

— T'as une jolie poulette, mon gars, dit-il à Jeremiah avant de s'adresser à moi : Un vrai mec, ça te tente pas, chérie ?

J'eus la chair de poule. Ce type me rappelait les figurines de trolls dont ma mère avait décoré son bureau quand j'étais enfant. Ses oreilles et son nez étaient d'une taille démesurée, presque absurde, accentuant la petitesse de ses yeux déjà étroits. Il affichait un perpétuel sourire narquois, comme s'il était persuadé que personne n'oserait jamais s'en prendre à lui et qu'il se servait de cette certitude comme d'un avantage.

Il se versa un verre. Nous étions flanqués de deux gardes du corps. Mon regard oscillait des deux sbires à Jeremiah, qui avait déjà recouvré son calme.

— On en est à ramasser la lie au fond du tonneau? marmonna-t-il, suffisamment bas pour que seuls Ethan et moi l'entendions.

— Il est en mesure de nous aider, répondit le chauve. Ronny est une ordure, mais il a des relations.

— Hé! protesta l'intéressé. Surveille tes paroles! Je suis là.

— Comme si je ne le savais pas, crétin, riposta Ethan en le toisant avec dégoût.

Les deux costauds gigotèrent, l'air d'attendre un ordre de leur patron pour réagir, mais ce dernier les apaisa d'un geste.

— Je vous présente Ronny Fish, Jeremiah, poursuivit Ethan. Il prétend avoir des infos sur Alexander Rush.

Jeremiah avait l'air sceptique.

— Je vous écoute.

— Oh que non! protesta Ronny, tout sourire, en agitant son verre dans notre direction. Ça marche pas comme ça. D'abord, on parle pognon.

— Combien?

— Un million.

— Marché conclu.

Ronny parut surpris.

— En liquide, précisa-t-il. Versement à l'avance. Et le prix vient de bondir à dix millions puisque, *apparemment*, vous êtes venu les mains vides.

Jeremiah poussa un grognement, et je posai ma main sur son bras. La tension était montée d'un cran, ce dont Ronny ne semblait pas conscient. Il se versa un deuxième verre, qu'il but cul sec. Le pub où nous nous trouvions n'était pas encore officiellement ouvert. Il restait trois heures avant l'heure du déjeuner, ce qui nous laissait pas mal de temps sans témoins. Les hommes de main – visiblement entraînés au combat – de Ronny étaient plus grands tant de Jeremiah que d'Ethan.

Jeremiah fusilla du regard l'avorton prétentieux.

— Je suis en mesure de vous obtenir l'argent, mais j'exige les informations avant.

— Vraiment?

L'affreux glissa la main sous le comptoir, et nous nous tendîmes à l'unisson. Il n'en sortit pourtant qu'un journal, qu'il feuilleta en s'humectant les doigts, puis replia et déposa devant nous.

— Tenez mon pote, dit-il à Jeremiah. Lisez un peu les nouvelles.

Jeremiah s'empara prudemment du journal et, par-dessus son épaule, je déchiffrai le gros titre: « Un milliardaire porté disparu, ses biens confisqués pendant l'enquête en cours ». Je me tournai vers Ethan puis vers Jeremiah. Il était occupé à parcourir l'article. Son front se plissait au fur et à mesure de sa lecture, ce qui me laissa supposer que les nouvelles n'étaient en effet pas bonnes. Soudain nerveuse, je me mis à mordre l'intérieur de ma joue.

— Pas de pot, mec ! reprit Ronny en saluant moqueusement Jeremiah de son verre. Puisque t'as pas de quoi me payer, inutile de discuter.

— Je vous croyais au courant, murmura Ethan à Jeremiah. Une autre solution est sûrement envisageable.

— Vous le croyez, quand il affirme pouvoir nous renseigner ? souffla le cadet des Hamilton en retour.

— Je n'ai rien de mieux pour l'instant, soupira Ethan.

— Qu'est-ce que vous avez, tous ? brailla alors l'ordure. Vous êtes sourds ? Je vous ai dit de dégager !

L'un de ses gardes du corps commit l'erreur d'attraper Jeremiah par le bras. En un clin d'œil, l'homme d'affaires passa à l'action, se dégagea et plaqua l'autre contre le bar. Son collègue se ruant à la rescousse, Ethan intervint, et je m'écartai. Dans la bagarre, des tables furent renversées, des chaises balancées à travers la salle. Je m'éloignai vers la porte.

Jeremiah réussit à renverser son adversaire, tandis qu'Ethan et le sien roulaient au sol. Le bruit mat des coups assenés me faisait tressaillir, mais lorsqu'un os craqua, je fus submergée par une bouffée d'adrénaline. Je m'aperçus qu'Ethan se tenait le bras, même s'il continuait de maintenir à terre l'homme qu'il avait immobilisé dans l'étau de ses jambes. Il se servait de son membre valide pour repousser les coups que l'autre continuait à lui asséner. Me jetant dans la mêlée, j'attrapai une chaise et l'abattis sur le type.

Il parut à peine réagir à mon geste mais tenta de saisir ma cheville. Cela suffit à Ethan pour prendre le dessus. En dépit de sa blessure, il balança son poing à plusieurs reprises dans la figure de son ennemi. Malheureusement, ce dernier eut le réflexe de s'attaquer au bras endommagé, et Ethan poussa un grognement tout en tressaillant sous l'effet de la douleur. Au même moment, Jeremiah parvint à éloigner son ancien chef de la sécurité de son adversaire.

L'homme se releva et se défendit férocement, mais l'ancien ranger le boxa comme un pro avant de le désarçonner d'un coup de pied dans le genou, suivi d'un autre d'un croche-patte qui l'envoya trébucher contre une table voisine, d'où il s'affala sur le carrelage. Ethan en profita pour l'étrangler d'une clé de bras, le clouant définitivement au sol.

Jeremiah fonça sur le comptoir. Ronny, qui sembla se rendre compte seulement maintenant qu'il était sans défenses, s'aplatit contre le mur derrière le bar. Il tenta de s'esquiver en direction du couloir du fond, mais Jeremiah fut plus vif et l'attrapa par les revers de sa veste.

— Mollo, mec, je ne…

Jeremiah le coucha brutalement sur le bar, tête la première, et le petit homme hurla. Son rictus railleur avait disparu. Quand il se redressa, il plaqua sa main sur son nez ensanglanté, les yeux mouillés de larmes.

— Alors, *mon pote*, grommela Jeremiah en se penchant sur le petit homme terrifié, tu es prêt à me les donner pour rien, ces infos?

— Pourquoi ai-je l'impression d'avoir déjà vu ce film?

L'adresse que Ronny nous avait fournie, après quelques *arguments persuasifs* de la part de Jeremiah, se révéla être celle d'un cottage solitaire au milieu de nulle part. Nous éloignant sans cesse de Londres, nous avions parcouru des kilomètres à travers une campagne de plus en plus reculée. La maisonnette en question était située au bout d'une longue route sinueuse sur laquelle elle avait une vue imprenable. Pas un arbre à l'horizon, même si, en certains endroits, les hautes herbes pouvaient dissimuler par endroits une voiture à l'approche. Nous avions arrêté la voiture à l'entrée de la route, et en étions sortis pour mieux observer les alentours.

— Comment être certain qu'il ne s'agit pas d'un piège ? chuchotai-je.

— C'en est sûrement un.

Merci de me rassurer !

— Pourquoi y allons-nous, alors ?

— Parce que c'est le seul moyen de savoir si c'est le bon endroit. Et il n'y a pas de « nous » qui tienne. J'entrerai seul dans cette maison.

— N'importe quoi, siffla Ethan d'une voix basse mais déterminée. Pas question que je vous laisse faire.

Je contemplai son bras bandé et, cyniquement, me demandai comment il allait pouvoir nous aider. J'avais déniché une trousse de premier secours dans le pub et réussis à coincer son membre dans une attelle. Il faudrait toutefois qu'il se rende à l'hôpital pour qu'on le lui soigne pour de bon. Sauf qu'il n'avait pas l'air de vouloir nous abandonner, plutôt celui de souhaiter s'exposer au danger avec autant de témérité que Jeremiah.

— J'ai besoin que vous mettiez Lucy en lieu sûr, répliqua ce dernier.

Le chauve n'en revenait pas.

— Vous me la confiez après ce que j'ai fait la dernière fois ?

Jeremiah le regarda droit dans les yeux.

— Y a-t-il quelque chose que je doive savoir maintenant et qui m'empêcherait de le faire ?

— Non, répondit Ethan en regardant brièvement son bras blessé.

— Notre cible exerce-t-elle un chantage sur vous? Êtes-vous de mèche avec elle?

— Non.

Jeremiah parut hésiter un instant, puis il assena une claque vigoureuse sur l'épaule de son ancien compagnon d'armes.

— Vous recommencez un truc pareil, et je vous tue! promit-il.

— Le contraire m'étonnerait, rigola doucement Ethan.

Je poussai un soupir agacé. *Les hommes...*

— Tout cela est très émouvant, lâchai-je, acide, mais je ne quitterai pas Jeremiah d'une semelle.

— Oh que si! rétorqua l'intéressé.

— Oh que non! insistai-je. Écoutez, me dépêchai-je d'ajouter avant qu'il ne déploie argumentation une logique contre laquelle je serais impuissante, je suis autant que vous dans la ligne de mire. S'il y a bien un message que cette rencontre flippante à l'aéroport m'a transmis, c'est que je suis maintenant dans le bain jusqu'au cou. Et puis, je ne serai jamais autant en sécurité qu'avec vous.

— Comme ça, il pourra faire d'une pierre deux coups?

— Vous préférez que je meure parce que la voiture aura explosé pendant que vous fouillerez le cottage?

Voilà qui eut le don de lui intimer le silence pendant quelques instants, au cours desquels je crus presque voir tourner les rouages de son cerveau. La patience était une qualité que m'avait apprise la fréquentation de Jeremiah… Néanmoins, j'avais en cet instant bien du mal à contenir mes émotions. Je pris sa main dans la mienne.

— Pourquoi impliquer Ethan, réattaquai-je. Il essaie encore de se réconcilier avec Celeste et, d'après ce que semblent en savoir les autorités, Alexander n'a pas fait le lien avec lui. Souhaitez-vous donc qu'ils deviennent également des cibles, lui et sa femme?

Près de moi, l'ancien ranger remua.

— Je vous suis redevable, maugréa-t-il, s'adressant manifestement à Jeremiah.

— Pas à ce point, objecta celui-ci en désignant le bras bandé. Vous allez devoir vous en occuper très vite.

— J'ai connu pire, vous êtes bien placé pour le savoir.

— C'est vrai, admit Jeremiah avant de tendre le menton en direction de la maisonnette. J'ignore ce qui se trame ici, mais il est clair qu'il faut aller voir.

— Je ne peux pas vous laisser y aller seul, protesta Ethan en soutenant le regard de son ami.

— Je sais. Mais je dois le faire.

Ethan serra les poings et contempla le bâtiment.

— Si vous mourez là-dedans, je ne vous pardonnerai jamais, finit-il par soupirer.

— Et bien, moi, je vous pardonne, si ça vous soulage.

— Ouais, marmonna Ethan en se tassant légèrement. Ça aide. Un peu. Faites attention à vous, ajouta-t-il ensuite en nous dévisageant l'un après l'autre. Vous voulez que je vous laisse la voiture ?

Jeremiah secoua la tête, et nous observâmes l'ancien chef de la sécurité qui remontait dans le véhicule et s'éloignait.

— Elle nous aurait été bien utile, murmurai-je en envisageant à regret la longue route que nous devions parcourir jusqu'à la maison.

— Elle aurait surtout permis à tout occupant du cottage de nous repérer. Si ce n'est pas déjà fait, s'entend.

— Bon, comment procède-t-on ? On y va direct ?

— Non. Vous, vous restez ici et moi, j'y vais.

— Des clous ! fulminai-je.

Il m'adressa un sourire moqueur.

— Est-ce que, par hasard, vous auriez été entraînée à vous faufiler jusqu'à un endroit à découvert sans qu'on vous aperçoive ?

— Ben… non. De toute façon, qu'est-ce qu'on fiche ici. Si vous estimez qu'il s'agit d'un piège, en quel honneur voulez-vous vous jeter dedans la tête la première ?

— La fuite n'est pas une solution. Il continuera de nous traquer, il aura même toujours une longueur d'avance sur nous, et nous mourrons sans même nous en rendre compte. En revanche, si nous acceptons de jouer à son petit jeu malsain, on peut espérer qu'il dérape et nous offre ainsi l'occasion de le battre.

— C'est le raisonnement le plus stupide… râlai-je.

J'avais beau ne pas vouloir qu'il agisse seul, je ne tenais pas tellement non plus à me rendre jusqu'à la maisonnette. Je soupirai.

— Qu'est-ce que je fais si quelqu'un descend le chemin? demandai-je d'une voix ironique. Je me planque dans les herbes? Je me débrouille pour imiter un rocher et je croise les doigts pour que ça marche?

Jeremiah me fixa un long moment puis, à mon immense surprise, m'enlaça.

— Tout va bien se passer, me rassura-t-il.

Ce ne fut que dans ses bras que je pris conscience de la *terreur* qui m'habitait. Soudain, tout remonta à la surface: la bagarre qui avait eu lieu un peu avant, notre fuite, notre planque, les vols qui nous avaient conduits jusqu'ici. J'avais plutôt bien tenu le coup mais, là, sur cette piste du fin fond de l'Angleterre, j'eus soudain envie que le cauchemar cesse afin de pouvoir pleurer tout mon soûl. Le refuge de cette étreinte était un leurre, ce que je haïssais.

Non! Tu ne vas pas craquer maintenant.

J'échappai aux bras de Jeremiah, le souffle court. Même si j'avais du mal à le reconnaître, il avait raison: je n'étais pas faite pour ça.

— Bien, cédai-je avec raideur, je vais attendre ici en tâchant de rester hors de vue.

Plus facile à dire qu'à faire, sur ce contrefort de colline dénudé. Mais bon, je me débrouillerais. Jeremiah m'embrassa sur le front.

— Je ne tard…

Soudain, une voiture prit le virage à vive allure. Jeremiah me poussa dans son dos, tandis qu'un second véhicule arrivait en sens inverse et s'arrêtait pile devant nous. Plusieurs personnes, hommes et femmes confondus, en descendirent.

— Pas un geste !

D'autres véhicules apparurent à leur tour. Nous nous étions pétrifiés. Nous tenant en joue, les arrivants se rapprochèrent. Très lentement, Jeremiah leva les mains en l'air et je l'imitai.

Mon compagnon fut menotté en premier. Une fois qu'il fut réduit à l'impuissance, ce fut mon tour. Les bracelets de métal mordirent dans la chair de mes poignets, et je pinçai les lèvres afin de retenir un cri. Je fus ensuite plaquée contre l'une des voitures. À cet instant, une portière s'ouvrit sur une femme brune que nous ne connaissions que trop.

— Je vous avais bien dit que je vous trouverais, monsieur Hamilton.

— Agent Gautier, nous devons…

— Plus un mot, je vous prie ! le coupa-t-elle avant de s'adresser à ses collaborateurs : Faites-les monter dans une voiture et annoncez à Felix que nous arrivons.

Ainsi, je semblai être destinée à finalement entrer dans ce cottage, lequel se révéla être ni aussi pittoresque ni aussi effrayant que je me l'étais imaginé.

Les agents d'Interpol s'affairaient fébrilement. L'intérieur, moderne, était beaucoup trop petit pour accueillir autant d'occupants, mais ça ne gênait personne, visiblement. Toujours attachés, Jeremiah et moi fûmes assis d'autorité sur un canapé avant d'être oubliés là. Nous ne bronchâmes pas afin de ne pas attirer l'attention sur nous. Malheureusement, rien n'aurait pu distraire Marie de son objectif quand elle se planta devant nous.

— Avez-vous la moindre idée du *bazar* que vous laissez dans votre sillage*, où que vous alliez*, monsieur Hamilton ? Devinez un peu ce que nous avons découvert sur votre dernier lieu de résidence ? L'un de mes homme, inconscient, pendant que l'autre s'était tiré une balle dans la tête avec sa propre arme.

Je me souvins de la peur que j'avais lue dans les yeux de l'agent blond quand il avait mentionné le kidnapping de sa famille. Marie faisait les cent pas devant nous, et ses talons plats martelaient le plancher.

— Il nous reste à mettre la main sur les siens afin de leur annoncer la triste nouvelle, enchaîna-t-elle, très agacée.

Le cœur comme transpercé par un éclat de glace, je me mis à trembler. Jeremiah se colla à moi et, d'une bourrade de l'épaule, me fit comprendre qu'il était là. Malheureusement, Marie n'en avait pas fini avec nous :

— Pendant que vous baguenaudiez dans la campagne à faire vos petites blagues, nous avons remué ciel et terre afin de localiser notre dingue avant qu'il frappe de nouveau.

— Il n'en a qu'après les Hamilton, intervint Jeremiah.

— C'est peut-être ce que vous pensez, mais, pour autant que je sache, jusqu'à présent, aucun de vous n'a été touché.

Marie cessa d'arpenter la pièce et serra les poings, non sans nous foudroyer du regard.

— En revanche, enchaîna-t-elle, j'ai sur les bras un agent décédé ici et plusieurs morts à Dubaï. Combien d'autres victimes lui faudra-t-il encore avant qu'il atteigne ses prétendues « cibles » ?

— Je ne réclame aucun traitement de faveur, protesta Jeremiah.

Il tenta de se lever, mais deux agents se postèrent derrière lui et le firent se rasseoir.

— Écoutez, plaida Jeremiah, nous sommes certains qu'il nous cherche. Il suffit de l'amener à se découvrir.

L'agent Gautier balaya la suggestion d'un revers de la main.

— Sans intérêt. Dites-moi plutôt : comment avez-vous déniché cet endroit ? Qui vous a dit de venir ici ?

Jeremiah hésita, Marie en profita :

— Vous avez été renseignés. Par qui ?

— On nous a seulement laissé entendre qu'Alexander serait ici.

Marie sursauta et cilla, déroutée.

— Ah bon ? Mais pourquoi…

— Mon cher petit frère ! Voyez qui est là pour me sauver des affres d'une existence minable !

Pivotant sur moi-même, je découvris alors Lucas qui, un immense sourire aux lèvres, paraissait parfaitement à l'aise dans le marasme ambiant. La surprise affichée par Jeremiah se mua promptement en irritation, tandis que son aîné se pavanait. Il se planta près de Marie, qu'il ignora complètement, et ouvrit grand les bras.

— Bienvenue en enfer ! s'écria-t-il.

— Loki, gronda la policière, vous n'êtes pas censé traîner dans le coin !

— Vous voyez ce que je dois endurer à chaque minute de la journée, se plaignit Lucas avec un sourire pincé. Franchement, les lieux sont splendides, mais les colocataires craignent! On dirait la maison de vacances que j'ai toujours voulu éviter.

S'affalant sur le canapé à côté de son frère, il le prit par les épaules.

— Je t'en supplie, dis-moi que tu as apporté de quoi manger!

Heureusement que nous étions encore menottés, car Jeremiah montrait tous les signes d'une indicible envie d'étrangler son aîné. Ce qui n'empêcha pas ce dernier de remuer le couteau dans la plaie. Se levant, il nous enlaça tous les deux et lâcha:

— La famille de nouveau réunie! Pour un peu, j'en aurais la larme à l'œil!

Quelque chose dans ses paroles me donna la chair de poule.

— Jeremiah? soufflai-je. Vous vous souvenez d'avoir utilisé l'expression « d'une pierre deux coups » ?

Toutes les têtes se tournèrent vers moi, y compris celle de Marie. Je dévisageai les personnes présentes tour à tour puis m'adressai à mon voisin:

— Nous sommes tous ici, au même endroit, celui où Alexander lui-même est censé…

Marie fut la première à afficher une expression révélant qu'elle venait de comprendre. Si mon cerveau refusait d'admettre la logique de la situation, le sien l'appréhenda immédiatement. Elle aboya une rafale d'ordres, et ses collègues cessèrent de s'affairer.

— Libérez-les !

Un agent lança une clef à Lucas, qui entreprit de déverrouiller nos menottes – d'abord celles de son frère, puis les miennes. Jeremiah sauta sur ses pieds. Lucas m'aida à me remettre sur les miens.

— Sortons d'ici ! Tout de suite !

Ce fut alors que tout explosa.

tout ce qu'il voudra

disponibles en librairie

épisode 1

épisode 2
tous les coups sont permis

épisode 3
en amour comme à la guerre

épisode 4
dommages collatéraux

épisode 5
trahison

tout ce qu'il voudra
l'intégrale
Ce volume reprend les épisodes 1 à 5

épisode 6
naufragée, 1re partie

épisode 7
naufragée, 2e partie

épisode 8
naufragée, 3e partie

épisode 9
naufragée, 4e partie

Imprimé en Allemagne par GGP Media GmbH
ISBN : 978-2-501-09279-1
4144135 /01
dépôt légal : janvier 2014

PAPIER À BASE DE FIBRES RECYCLÉES

MARABOUT
s'engage pour l'environnement en réduisant l'empreinte carbone de ses livres.
Celle de cet exemplaire est de :
300 g éq. CO_2
Rendez-vous sur www.marabout-durable.fr